シチリアの花嫁

サラ・モーガン
山本みと 訳

ハーレクイン
SP文庫

THE SICILIAN'S VIRGIN BRIDE

by Sarah Morgan

Published by Harlequin Japan,
a Division of K.K. HarperCollins Japan, 2025

サラ・モーガン

イギリスのウィルトシャー生まれ。看護師としての訓練を受けたのち、医療関連のさまざまな仕事に携わり、その経験をもとにしてロマンス小説を書き始めた。すてきなビジネスマンと結婚して、2人の息子の母となった。アウトドアライフを愛し、とりわけスキーと散歩が大のお気に入りだという。

◆主要登場人物

フランチェスカ・カステラーニ……会社社長の一人娘。愛称チェシー。
ブルーノ・メンドーゾ……チェシーの父親。故人。
ロッコ・カステラーニ……チェシーの夫。実業家。
ローナ……ロッコの元恋人。
カルロ・マンチーニ……メンドーゾ家の庭師。

1

着陸は夜だった。彼女は手持ちの現金をすべてはたいて小さな飛行機をチャーターした。帽子を目深にかぶっているので、顔はほとんどわからない。着ているものは、黒のパンツにシンプルな黒のコート。化粧もしていないし、アクセサリーもつけていない。人目につきたくない女がする格好だ。もしくは身を隠している女か。

もしパイロットがもっとじっくり見ていたら、彼女の顔が死人のように青ざめ、小さなバッグをつかむ手がかすかに震えているのに気づいただろう。そしてブルーの瞳に燃える炎と、決然と上げた顎にも。だが、彼はなにも見ていなかった。それでもチェシーは座席で身を硬くしたまま、小さな窓の向こうの暗闇《くらやみ》を見つめながら緊張したままでいた。先ほど飲み物を勧められたときも、首を振って断った。ただでさえ胃が締めつけられているのに、さらに負担をかけるなどとんでもない。

まもなくシチリアに着陸しようとしている。そう考えるだけでも、実際に吐き気がした。どきどきする胸を静めるために目を閉じ、座席に背をあずけると、深呼吸をする。誰も私を止めに来ない。誰も私が来るとは思っていない。

あれから半年がたった。背後に目を配りながらも、生きることを学んだ六カ月。本名を出さず、なんの記録も残さず、支払いはすべて現金で行った。自分を守るために、完全に匿名で暮らしてきたのだ。

けれども今、こうして帰ってきた。

シチリアに。

多くの人にとって、この地中海の島は楽園だろう。

でも、私にとっては牢獄《ろうごく》だった。

すぐすむわ。落ち着きなく座り直しながら、チェシーは自分に言い聞かせた。さっそくしなければならない用件をすませよう。今はただ、母に会いたい。半年もたってしまったなんて……。

副操縦士が客席にやってきて、なまりの強い英語で話した。「あと五分ほどで着陸です、ミス・バークリー。シートベルトを締めてください。ご希望どおり、お車が待っています」

イタリア語が流暢《りゅうちょう》なことは注意深く押し隠し、チェシーは英語で応じた。一瞬、あなたの名前を知っていますよと言われるのではないかと思ったが、そんなわけがないと自分を安心させる。身元が明らかになるような書類はなにもなかったはずだ。

「順調《ヴァ・ベーネ》ですよ」副操縦士がチェシーに向かってうなずく。「旅のご無事をお祈りします」

無事ですって？　恐怖で口の中が乾くのを感じる。飛行機が何度か小さくはずんで着陸したとき、チェシーは身をこわばらせた。それからおぼつかない手でシートベルトをはずすと、ボストンバッグを取りあげ、なんとか飛行機の前方へと歩いていった。

きっとうまくいくわ。滑走路に降りたったチェシーは、シチリアのにおいを吸いこみ、あたりを取り巻く夜の暖かさを実感した。父は死に、葬儀は終わった。誰も私が家に戻るとは思っていないはずだ。こっそり母に会い、そして出ていけばいい。

そのあとは自分の人生を見つける。

もう逃げたりしない。この半年は、思った以上に多くのことができると私に教えてくれた。

極度に緊張していたせいで近づいてくる車のヘッドライトがサーチライトに見え、チェシーは先走る想像と速まる脈を抑えようとした。車が滑走路を横切り、すぐそばで静かにとまる。

人の注意を引かないように、彼女は後部座席のドアが開いた瞬間、さっと乗りこんだ。中に入ってドアを閉めてから、後部座席に誰かが座っていることに気づいた。ひどいパニックに陥り、胃が引きつる。

ああ、まさか、いやよ！

ショックのあまり凍りつき、動くこともできなかった。見ることも。その必要もなかったのだ。そこにいるのが誰なのかはわかっている。彼の存在を、チェシーは全身で感じ取っていた。

ロッコ・カステラーニ。億万長者の人でなし。

それが私の夫なのだ。

ロッコははらわたの煮えくり返るような怒りを鉄の自制心で抑えつつ、チェシーがドアハンドルに手を伸ばすのを見つめた。後部座席のドアはロックされている。帽子のつばの陰で、チェシーは追いつめられた動物のようにパニックに陥っていた。

これまで僕は彼女を過小評価していた。ロッコはむっつりと考え、皮肉なおかしみをちらりと感じた。これまで彼の不意をついた女性は、チェシーことフランチェスカただ一人だったからだ。

「こんばんは《ブオナ・セーラ》、大切な人《テソロ》。よく帰ってきた」二人が会話するときは英語を使っていたので、そちらに切り替えた。チェシーの頬から血の気が引いていく。

彼がここに現れるとは思っていなかったようだ。ロッコはそんなチェシーの反応に興味を引かれた。

彼女はそれほどうぶなのか？　本当に僕に知られず、シチリアに戻ってこられると思っていたのか？

彼女はただ黙りこみ、座席の端をぎゅっとつかんでいる。息を吸いこむたびに胸がすばやく上下した。

これがほかの女性なら、彼も同情したに違いない。だが妻に対する気持ちは、同情とはほど遠かった。

「僕に会って驚いたみたいだな」ロッコは本心をあらわにせず、必死でさりげない口調を保った。「どうして驚くんだ？　僕たちは結婚したんだよ、テソロ。妻を家に連れて帰るのだから、僕が迎えに来るのはあたりまえだろう？」

とうとうチェシーが振り返ってロッコを見た。その目は打ちひしがれていた。「どうしてわかったの？」息がうまくできないのか、声はほとんど聞こえない。おかげで、ロッコは耳をそばだてなければならなかった。

「君が今夜着くと、どうして僕がわかったかということかい？」簡単ではなかったがなんとか笑ってみせ、ロッコはごく自然に肩をすくめた。「君は僕の妻なんだよ、フランチェスカ。僕は君の身に起こることすべてに気を配っている。君のお父さんは、僕を信頼して娘を託したんだ。僕には君を守る責任がある」

「気を配る？」チェシーの声はいくらか力強さを取り戻していた。「あなたは私のことなどなんとも思っていないわ。大事なのは自分のことだけよ」

ロッコは身を乗り出し、チェシーの頭から帽子を取り去った。暗い色の髪をまとめていた小さなクリップがはずれ、波打つカールとなって肩に広がる。彼女は信じられないほど幼く見えた。あれほどの策を弄《ろう》した女性とはとても思えない。「君には驚かされる」考えにふけるように、彼はつぶやいた。「激しい感情と気骨を持ちながら、ずっとうまく隠していたとはね。結婚前の君はめったに話さなかったから、ひどく内気なのだと思っていた」

チェシーはしばらくロッコをじっと見つめた。「私のことが全然わかっていないのね、ロッコ」

「そのようだな」僕の言い方に、チェシーは皮肉を感じ取っただろうか？「だが、がんばって改めるよ。君も今は、僕が全力でもっとよく知り合えるよう努力しているとわかったんじゃないかな」

「いいえ」声には狼狽《ろうばい》の色がうかがえた。「あなたが私を知る必要はないわ。私もあなたを知りたくなんてない。もう充分に知っているもの」

彼女は矛盾だらけじゃないか。限りなく複雑に入り組んでいる。第一印象は穏やかで内気だったのに、実は強情で激しい性格だとは。「君の髪の色はイタリアの血を表している」ロッコは体を傾けて、チェシーの絹のような髪を指に巻きつけた。「だが、そのブルーの瞳はイギリスの血筋だ」大きなサファイアのような瞳に、誘いかけるようにふっくらしたピンク色の唇。実のところ、彼女の外見は無垢《むく》な若い娘そのものだ。もっとも、とっくに無垢でなくなったのはわかっている。ほかの男に奪われたのだから。ロッコの中で怒りと、もっと醜く危険な思いが噴き出した。嫉妬《しっと》だ。これが妻の不貞に直面したときに経験する感情というわけか。

過去からなにかよどんだ危ないものが息を吹き返し、彼は自分の行動規範を思い起こした。前へ進め。つねに前進し、決して振り返らない。彼女はバージンを失ったかもしれないが、まだ僕のものだ。

チェシーの呼吸が速くなった。「私に触らないで」ぐいと頭を後ろに引きながらロッコの手から逃れ、座席の一番隅まで移動した。姿を見なければ彼の存在を否定できるとでもいうように、一心に前を見つめている。「父の家に行きたいの」

チェシーを座席に押し倒したい欲望と闘いつつ、ロッコは妻の要求について考えた。「少しばかり遅すぎないか? 君のお父さんは亡くなった。葬儀は二週間前にすんでいる」きつく言い放ったが、彼女は反応を見せない。おかしいじゃないか。それではパズルのピースがうまくおさまらない。「君は彼のたった一人の子供として、姿を見せて敬意を表すべきだとは思わなかったのか?」

チェシーがロッコに向き直る。「いいえ」彼女は静かに言った。「思わなかったわ」

「どうしてだ?」

チェシーはロッコにうつろな視線を向けていたが、やがて顔をそむけた。「父と私のことは、あなたには関係ないわ。それに、あなたに会いにここへ来たわけじゃないの。母に会いに来たのよ」

「お母さんはいないよ」

「いない？　どこに行ったの？」

「見当もつかないな」ロッコがゆっくりと言うと、チェシーは座席の端から手を伸ばし、ぎゅっと彼の腕をつかんだ。

「母は葬儀に参列したの？」

「ああ。そのあと、すぐに姿を消したが」

チェシーは座席にぐったりともたれ、目を閉じた。見るからにほっとしたようすだ。

「よかった。だったら、車をとめて。私は飛行機に戻って、二度とあなたをわずらわせないようにするから。あなたは自分の人生を歩めばいいわ」

「そのつもりだよ。だが、絶対に君を飛行機には乗せない」ロッコはなめらかに言った。

「僕たちには話さなければならないことがたくさんある。ようこそ我が家へ、テソロ」

彼女は今も僕のものだ。ロッコは陰鬱《いんうつ》な決意とともに自分に言い聞かせた。ほかはすべて過去のこと。将来に目を据えることにかけて、彼は達人だった。

話さなければならないことがたくさんある?

シチリアから急いで立ち去るという望みがふいになり、チェシーはすばやく考えをめぐらせた。どうしてこのことを予測していなかったの? 誰にも知られずにシチリアに戻ってこられると考えるなんて、ばかにもほどがあるわ。いったいいつから自分の夫がどんな人間か忘れてしまったのかしら?

彼は〝イル・ルポ〟——狼《おおかみ》と呼ばれている。

まだ十代のうちから大金を稼いだ彼は、情け容赦ない決断によって財産を増やしていった。頭脳明晰《めいせき》にして予測不能、しかも大胆不敵で非情なうえに、危険なほどハンサムな男性。チェシーはかつて、〝世界の終わりがくるなら、最後の夜はロッコ・カステラーニと裸で過ごしたい〟と、ある女性が夢見るような口調で言っていたのを聞いたことがある。

ロッコはすべての女性の憧《あこが》れだった。彼が近くにいるだけで、なにも考えられなくなってしまう。

今、その彼が油断なく、ほほえみも浮かべずに座席に身をあずけている。力強い体は不自然なほど動かない。彼の鉄の自制心が奇妙な脅威を感じさせ、チェシーは小さく身震いした。ロッコは力と権威を体現した存在だ。そして、彼女の父親以上の影響力がある。

ロッコはこのうえなく口がうまく、人あたりがいい。だがチェシーは、彼が世間に向ける如才ない偽りの顔にはだまされなかった。目玉が飛び出るくらい値の張るイタリア製の手縫いの靴をはいて、最高級のスーツを身につけているのも、途方もなく端整な顔も、敵をだまし、誤った安心感を与えるための偽装にすぎない。多くの女性をその気にさせる抗《あらが》いがたい笑みも、冷酷かつ不屈の心を隠すためだ。

ロッコがなにを着ようと、そして他人の目にどう映ろうと関係ない。私は真実を知っているもの。

ロッコ・カステラーニはシチリア人だ。骨の髄までシチリアの男。羊の毛皮を着せることはできても、虎《とら》は虎に変わりない。

車の中にロッコがいたのがあまりに予想外で、チェシーは冷静に決意したことも忘れていた。鼓動は速まり、胃がよじれる。「まさか本気で結婚したままでいたいなんて、考えていないでしょうね？」

二人の間に沈黙が広がった。チェシーはロッコを見つめたが、表情からはなにも読み取れない。

「どうしてだ？」

「私たちの結婚は終わったからよ」私が彼から去ったから。シチリア人には許されない行為だ。

ロッコはかすかにほほえんだ。「結婚はまだ始まってもいないじゃないか、テソロ。君のおかげで、さぐるべきことがたくさんある。楽しみだよ」

チェシーの心臓が大きくはねあがった。全身に激痛が走り、気絶するかと思った。「あなたはここでなにをしているの？　なぜここにいるの？　新聞にはニューヨークにいるって書いてあったのに」

「新聞に書いてあることをうのみにしてはだめだ。だが離れていた間、僕の動静についてそこまで興味を持ってくれていたとわかってうれしいよ」ロッコは運転手に指示を出し、座席の背にゆったりともたれた。「どうやら君は、ずっと僕が恋しかったようだね。恥ずかしがらなくてもいい。妻が夫を恋しく思うのは自然なことだ。ふたたび一緒になれてほっとしたよ」その口調はなめらかで落ち着いている。だが、チェシーはてのひらに汗がにじみ出てくるのを感じていた。

ロッコは怒っているに違いない。彼の穏やかな態度にはだまされない。これまでのところ、彼は声を荒らげることさえしていないけれど。

「ど……どうやって私があの飛行機に乗っているとわかったの？」また口ごもっている。チェシーはいらだちのあまり、叫びたくなった。今こそ新たに身につけた自信が必要なときなのに、なぜ半年前と同じ私に逆戻りしているの？

「わからないわけがないだろう」ロッコのくっきりとめだつ官能的な唇が、ちらりと笑みを形作る。「お義父《とう》さんが亡くなったのだから、君がシチリアに帰ってくるのは時間の問題だった。忍耐は僕の得意とするところじゃないが、なんとか耐えたよ」

「私はてっきり……まさかあなたが……」

「葬儀に戻ってこなかった君がこうして帰ってきたのは、恋人に飽きたからだろう」

「恋人？」チェシーはロッコを呆然《ぼうぜん》と見つめ、現実を受け入れようと努めた。彼は私が帰ってくるのを待ち構えていたのだ。「恋人ってなんのこと？」

「君は僕の妻だ。誓いを交わしたその瞬間から、僕の警護チームは君をしっかり見張るよう指示が与えられていた。だから、結婚式の日にカルロ・マンチーニと逃げ出したのを否定するつもりなら……」ロッコは無造作に肩をすくめた。「君は時間を無駄にしている。君がセックスの相手として彼に満足できたならいいんだが」ロッコがわざとそういう言葉を選んだのには理由があるのだと気づき、さらにチェシーの緊張は増した。怒りに煮えたぎっているときでさえ冷静に論理的に考えられるのは、ロッコのもっともすばらしい特殊技能だ。

彼は怒りに身を煮えたぎらせている。チェシーはロッコの怒りと葛藤《かっとう》を感じ取っていた。チェシーの父親と違って、ロッコはシチリア人特有の気まぐれな気質をコントロールするすべを学び、うまく利用していた。怒りを敵にまっすぐぶつける代わりにじっくりと観察して弱みをさぐってから、相手に飛びかかって致命傷を与える。以前チェシーは、高級紙の経済面に載っていたロッコの紹介文を読んだことがある。彼は戦略の達人であり熟練した策士、非情な敵と称されていた。ロッコは敵を捕虜にとるような手ぬるいまねは絶対にしない。

ただし、チェシーを除いては、だ。チェシーは結婚によって、彼の捕虜となったのだから。

だからこそ、チェシーは逃げ出した――カルロと一緒に。カルロはチェシーの父親の庭師で、たまたまちょうどいいときにちょうどいい場所に居合わせたにすぎない。二人が恋人同士だとロッコが考えていたとは、思ってもみなかった。結婚式当日に恋人と会うなんて、鮫《さめ》だらけのプールでなにも着ずに泳ぐようなものだ。チェシーがそんなまねをすると信じている事実からも、彼の人間性がうかがえる。

ロッコは愛という言葉の意味を知らない。これまで一人の女性も好きになったことがない男性なのだ。

「どうして私があの飛行機に乗っているとわかったの？　支払いは現金でしたのに」

「僕はそれ以上の金を払った」うんざりした顔で、ロッコは腕時計をちらりと見た。「君のうぶなことときたら、実に感動的だな。ちゃんとした警護もつけずに妻がシチリアに帰ってくるのを僕が許すと、本気で思っていたのか？　君がボーイフレンドも連れず一人で帰ってきて、とてもうれしいよ。でなければ、僕たち全員が気まずい思いをしただろう」

チェシーは座席で拳《こぶし》を作った。ロッコは本気で、カルロが私の恋人だと信じているのだろうか？　ただ、シチリア男性らしい考え方に流されただけなのでは？　嫉妬心と独占欲はつねに理性を鈍らせる。ロッコの怒りは愛からではなく、世間体に傷がついたことからきているのだ。彼は、私がほかの男にバージンを捧《ささ》げたと思っている。

しばらくチェシーは無言で座っていた。ロッコがどんな男性かを思い起こし、自分の中の勇気をふるいたたせる。「私はあなたのもとに戻ってきたわけじゃないわ。結婚を続ける気はないもの。離婚したいのよ」何度も練習してきたので、せりふはすらすらと口から出た。どっと安堵《あんど》を覚える。

さあ、これですんだわ。

もうベッドに横たわったまま眠れぬ夜を過ごすことも、彼に近づくいちばんいい方法を考え出すこともない。勇気をふるい起こす必要もない。

「どうして僕の妻でいたくない?」ロッコが穏やかに、ゆったりと言った。「最後に会ったとき、君は神父の前で僕の妻になると宣言したじゃないか」

「あのときは、あなたのことをいい人だと思ったからよ」

ロッコの黒っぽい目に楽しげな表情がひらめいた。「フランチェスカ、テソロ、僕はいい人だよ」濃く黒いまつげがわずかに伏せられ、目の表情をおおい隠す。「どうしてそうじゃないと思った? 僕は年配の女性にも子供にもやさしく接しているのに」

「あなたは年配の女性も子供も知らないでしょう」

「だが、もし知っていれば……」ロッコはそっけなく肩をすくめると、表現力豊かなブロンズ色の手を振った。「親切にするよ」

「そして、その人たちから奪い取るのね」チェシーは喉をつまらせた。燃えたぎるような彼のまなざしに体の中を激しくかき乱され、顔をそむける。「あなたは自分のことしか考えないもの」

「その反対だよ。君が去ってから、僕は君のことしか考えられなかった。君は結婚が待ちきれなかったんだろう？　僕がプロポーズした瞬間、君の目は輝いていた。僕に夢中だったじゃないか」

熱い屈辱の炎がチェシーの全身をのみこんだ。否定しようとしたが、言葉が口から出てこない。そんな露骨な嘘《うそ》を口にできるの？　私は彼に夢中だったのに。ロッコに恋をするのは、計画に入っていなかった。最初私は結婚を、父親から逃れる完璧《かんぺき》な手段だと思った。長い間望んでいた自由をついに手にするチャンスだと。

二人で過ごすようになると、チェシーはロッコと出会う女性と同じ目に遭った――暗く危険な魅力の虜《とりこ》になったのだ。そのことは決して明かさなかったのに、ロッコは私がどんな思いを抱いていたか知っていた。チェシーは恥ずかしくて、手近な岩の下にでも隠れたくなった。

彼は私をどんなにあざわらったことだろう。チェシーはみじめな気分を隠すために窓の外を見つめた。ロッコは、モデルや女優が先を争って注意を引こうとするような男性だ。

地元の村から出ることも許されなかったあか抜けないおどおどした娘が、彼の目を奪う機会などあるわけがない。

「そう、私はあなたに恋をしたと思ったわ。でもそれは、あなたがどんな人間かわかる前よ。あなたみたいな人に惹《ひ》かれるなんて絶対にありえない」チェシーはいっきにまくしたてた。長い間自分の感情を隠してきたので、体も頭もはちきれそうな気がした。「あなたは私に結婚を承諾させたけれど、あれはあなたにとって仕事の取り決めでしかなかった。私の望んでいた結婚とは違うわ。私は本物が欲しかったのよ！」

「本物？」嘲《あざけ》りの口調が、チェシーの言葉に対するロッコの考え方を表していた。「君は僕の指輪をはめている。それ以上の本物なんてないだろう？」

「全然わかっていないのね。指輪や誓いの言葉じゃないわ、ロッコ。そんなものに意味はないもの。感情の問題なの。思いやりとか愛とか……あなたの知らないことよ」

「カルロはそれを差し出したのか？　その思いやりとか愛とかを」

ロッコの皮肉な口調に、チェシーの我慢は限界に達した。「どこまで白を切る気なの？　なぜ私が結婚式から逃げ出したと思っているの、ロッコ？　その問いをうんざりするほど自分にぶつけてみた？」ロッコの目がかすかに細くなったのに気づいたが、チェシーは自分を抑えられなかった。体の内側から怒りがわきあがり、震える手足としぼんだ自信に力を与えた。「恋人がいたなんて、よくも私を非難できるわね。結婚式にガ……ガールフレンドを招待するようなずうずうしいまねをして、私をばかにしたくせに。いったい誰がほかの女と結婚するところを、ガールフレンドに見せたがるの？　結婚したばかりの妻に愛人をもてなしてほしかった？　あなたには感情というものがないの？　道徳心というものが」

感情を爆発させたことにショックを受けて、チェシーは言葉を切った。父親と暮らしている間は言いたいことも言えず、床に視線を落としたまま口答えもしなかった。今この瞬間まで、自分の思いを口にしたことなどなかった。チェシーは本能的に座席で身を縮めた。だがロッコは動かず、ただ彼女を見つめている。

「今のは僕が聞いた中で、いちばん長い君の言葉だな」ロッコはもの憂げにゆっくりと感想を述べた。「結婚式の前の君はほとんど〝ええ〟か〝いいえ〟としか言わず、ひどく内気だった。僕はなんとか君から反応らしきものを引き出そうと必死になったよ。床や壁やテーブルを――僕以外のものを見つめていた君が、自分の意見を持っているとわかって感動したね」

チェシーは真っ赤になった。ロッコの言葉は真実だ。彼と会うときは、父親が同席することが多かった。父の怒りを買わないためには無言でいるほうが安全だと、彼女は過去の苦い経験から学んでいた。

「とにかく、今はあなたを見ているし、自分の意見を話しているわ」落ち着いた声を保とうとする。「私はあなたを最悪だと思っているのよ、ロッコ。あなたはあらゆるものを損得ではかろうとする。なにかを得られない限りなにもしないし、人の気持ちなど気にしない。私は半年間、あなたのしたことについて考えたわ。あなたが私と結婚したのは、父の事業が欲しかったから。それだけでもひどいのに、結婚式に愛人まで招待した」治りの遅い傷のように、今も屈辱のせいで胸がずきずき痛む。

「ずいぶんと子供じみているな。僕たちの結婚式には、二百人も招待客がいたんだぞ」

「二百人のことなんてどうでもいいの。肝心なのはただ一人、あなたをあきらめきれなかった背の高いブロンドだけ。あなたのガールフレンドよ！」

「元ガールフレンドだ」ロッコがかすかに眉をひそめながら、チェシーの誤りを正した。

「彼女とはとっくに別れていた」

「だったら、どうしてテラスでキスしていたの？」

ロッコはあくびを噛《か》み殺した。「正直言うと、覚えていない。生まれつき情が深い女もいるさ。別れのキスでもしていたんだろう」

「生まれつき情が深い？」チェシーは二人の情熱的なキスを見て感じた羨望《せんぼう》を思い出した。ロッコが私にあんなキスをしたことはなかった。「別れたのなら、どうして彼女を結婚式に招待したの？」

ロッコのまなざしが突然冷ややかになった。「妻だからといって、僕のふるまいに疑問を差しはさむ権利はない。率直に言って、君がなにを不満に思っているのかがわからないよ。僕は君と結婚した。君は幸運だったんだ」

その傲慢《ごうまん》な言葉がチェシーの頭にしみこむまで、しばらくかかった。「幸運？　幸運ですって？」信じられないとばかりにロッコのハンサムな顔を見つめ、良心の呵責《かしゃく》か悔恨がいくらかでも見えないかさぐる。だが、そこには完璧な自信以外なにも浮かんでいなかった。

「そう、幸運だ。僕はもう一人の女には決して差し出さなかったものを、君に差し出したんだから」

「それで私はどんな気持ちを抱くはずだったの？」

「感謝かな？」

「感謝？」チェシーは言葉を喉につまらせた。「夫を五人以上の愛人と共有する機会を与えられて、感謝しろというの？　とにかく申し訳ないけど、そんなことはできないわ」

「君がこれほどの激しさを内に秘めていたとは思ってもみなかった。実に興味深い。おかげで多くのことに説明がつくよ。だが、君も知っておくべきだ。僕は女性の嫉妬に魅力を感じない。それに、君の嫉妬はばかげている。君は僕の指輪をはめているじゃないか」

「嫉妬なんてしていないわ。嫉妬するなら、愛情が必要だもの。私はあなたのことなんてこれっぽちも気にかけていないのに」かつては気にかけていた。彼と結婚すると思うだけで、天にものぼる気分だった。でも、すべては子供じみた夢でしかなかった。現実はまったく違っていたのだから。「私は人前で屈辱を味わったのよ。私がどうすると思っていたの、ロッコ？　あなたに熱烈なまなざしを注ぐ女性たちを見て、自分は恵まれていると感じればよかった？　あなたに捨てられた女の人たちとパーティでも開いて、ほほえめばよかったのかしら？」

ロッコはなかば閉じた目でチェシーを見つめている。「君はヒステリックになっている」

「いいえ、ロッコ。私はヒステリックになんてなっていないわ。これほど冷静に考えられるのは、すごく久しぶりなの」これからは発言にも気をつかう必要はない。「あのブロンドの女性と一緒にいたかったなら、なぜ彼女と結婚しなかったの？」

「ローナはアメリカ人だから、ふさわしい妻にはなれない。彼女は仕事を持ち、自立している」

「それでは答えにならないわ。彼女は頭がいいからあなたとは結婚しなかったの？　だから代わりに、無知なシチリア娘を選んだの？　とにかく、私の母はイギリス人だということを思い出すべきだったわね。おかげで、私のシチリア人の血は薄まっているもの。あなたは選択を誤ったのよ、ロッコ」

「僕は間違っていない。大きな過ちを犯したのは、逃げ出した君だ。だがこうして戻ってきたんだから、つぐなえばいい。もはやバージンでないという事実も大目に見よう。君がちゃんとしたふるまいをすれば、僕も許せるかもしれない」

「許すですって？　チェシーは抑えきれないいらだちを感じた。彼はなに一つ間違っていないと思っている。ロッコ・カステラーニはこれまで女を邪険に扱いすぎて、ほかの接し方があることに気づいてさえいないのだ。まさに父そっくり。妻を家に残して、夫はほかの女と遊びに出かける、というわけだ。

「すすんでなぐさめてくれる女性がたくさんいるのはわかっているわ」ロッコが結婚を軽んじているのを、どうして気にするの？　すんでしまったことなのよ。二人の結婚は終わった。彼に対しては軽蔑《けいべつ》以外、なにも感じない。

ロッコのまなざしは冷ややかだった。「君は結婚に同意した。望んだことじゃないか」

「それはあなたについて真実を知る前の話だわ」

「真実ってなんだ？」

息をのみ、チェシーはしばらくためらった。恥ずかしくて、未熟な自分を認められそうになかった。けれども正直にならなければいけないときがあるとすれば、それは今なのだ。

「父とあなたは私をはめたのよ。二人で私のことを商品みたいに扱ったんだわ」喉に手をあてて、呼吸を整えた。「あなたたちは取り引きをして、欲しいものを手に入れた。私は単なる交渉の駒《こま》だったのよ」

「そんなふうに取り決められる結婚は多い。それに、僕たちは見ず知らずの他人ではなかった。君は二人で過ごした時間を都合よく忘れてしまったようだが。お互いを知るために多くの時間を費やしたのに」そのわずかに強調した言い方に、チェシーはロッコがなにを言いたいのかはっきり理解した。

好奇心に負けてつつましさと常識を忘れたときのことだ。あのとき、私はロッコにキスを求めた。

エロチックに押しあてられた唇。震える腿をもの憂げに愛撫《あいぶ》する力強い手。チェシーの体は突然目覚め、衝撃的な興奮を覚えた。その場でロッコが服をはぎ取り、自分の好奇心を最後まで満たしてくれればいいのにと願ったくらいだった。

けれども、彼はそうしなかった。今ならその理由もわかる。ロッコは私に魅力を感じなかったのだ。それでも、あのキスは忘れられない。今もなお思い出すだけで体は熱く燃え、胸の先端が硬くなる。チェシーは無意識にロッコの唇に視線を落とし、体の奥で危険ななにかが目覚めるのを感じた。

痛いほど激しい反応に怖くなり、顔を上げてロッコと視線を合わせたが、すぐさま目をそらした。冷笑するようなまなざしを見て、彼が男性として自分の反応に気づいたのがわかったからだ。

「あなたを知ることなんてなかったわ」チェシーは体をしっかりとおおう黒いコートをありがたく思った。「あなたは自分のことをいっさい明かさなかったわね、ロッコ。あれでは仕事の面接と同じよ」

「仕事の面接?」ロッコの口調にはかすかなユーモアがうかがえた。「どういう仕事なのかな?」

「あなたの妻よ。給料は上限なしで、法外なボーナスと手当つき。条件はずっとうちにいて、言われたことに素直に従い、絶対に口答えをしないおとなしくて従順なバージンであること」おのずとチェシーの視線がふたたびロッコの唇に――たった一度だけキスをした唇に落ちる。結婚式の日、あの唇が愛人にキスをしていたのだ。「夫の山ほどの情事にも寛大で、理解がなくてはだめね。とにかく、あなたは間違った相手を採用した。私は今の立場を辞退するわ。次に結婚するときは、面接にもっと時間をかけるべきね」

「目の前に完璧な妻がいるというのに、どうしてまた結婚したいと思わないといけないんだ?」なめらかに言われ、チェシーの体を衝撃が駆け抜けた。

彼は冗談を言っているのよ。そうに違いないわ。まさかロッコのようにプライドの高い傲慢な男性が、結婚式の日に逃げ出した妻を取り戻したいと思うわけがない。

ロッコは私を自由にしてくれるわ。私にはわかる。最初は意固地になっていやがるかもしれないけれど、結局は解放してくれるはず。

「あなたは自尊心を傷つけられたから、私を罰したくてそう言っているだけでしょう」

ロッコのほほえみは、チェシーの発言をおもしろがっているように見えた。「僕の自尊心は無傷だよ。どうして傷つくんだ？」

「あなたが私と別れたくないと望むなんてありえないもの。父と交わした取り引きだから結婚したことは、お互いによくわかっているでしょう」真実を認めるのは――彼が自分をこれっぽちも魅力的だと思っていないと認めるのは屈辱だった。だからこそロッコはキスをしたとき、身を引いたのだ。彼は愛を交わす瞬間を先延ばしにした。「父は会社を経営する者が必要だったから、あなたに白羽の矢を立てた。なぜ選ばれたと思う？　父と同じくらい非情なのはあなた一人だけだったからよ。おめでとう」

ロッコは眉を片方上げた。「君の言う非情とは、感情にとらわれずに決定を下す能力のことだろう。たいていの女性には理解できない概念だ」

「感情は大切よ、ロッコ。あなたと父には計画があった。自分の欲のためだけのね」そして、私はロッコに恋してしまうほど愚かだった。

「君のお父さんの会社は赤字だったんだ。だから、強欲だと非難されるいわれはないな」

ロッコはそっけなく肩をすくめた。「むしろ寛大と言うべきだ」

予想外の言葉に、チェシーはショックを受けて黙りこみ、ロッコをじっと見つめた。

「赤字だった？」

「どうして驚く？　君のお父さんのオリーブオイル会社は、地元でしか取り引きがなかった。彼はどう事業を拡大するか、あるいは競合他社とどう張り合うかがわかっていなかったんだ」

「父の会社は成功していたわ」チェシーは屋敷にやってきた重要人物たちを思い起こした。

「会社は腐りきっていたし、経営もひどかった」ロッコの口調は、突然厳しくなった。

「君のお父さんの経営手法は大昔から進歩していなかった。だが、僕が少しずつ変えていっているよ」

チェシーはかぶりを振り、ロッコの信じがたい言葉を理解しようと努めた。「本気で私の父の会社が傾いていたと言っているの？」

「知らなかったのか？」

「どうして私が知っているの？　父は仕事のことなどなにも話してくれなかったのに」チェシーは硬い声で言った。「オリーブをつんだり、秘書のまねごとをしたりはしたわ。私が息子だったらもう少し違ったでしょうけれど、このとおり――」

「君は娘だからな」もの思いにふけるように、ロッコの視線がチェシーの顔にとどまった。

「父の会社がそれほどひどい状態だったなら、どうしてあなたは手に入れたいと思ったの？」

「気まぐれ、かな」ロッコはほほえんだが、そこにはなんの感情も表れていなかった。

「所有している会社の中にシチリアらしいものがあればいいと、感傷的な望みを抱いたんだ」

「あなたは人食いライオンと同じくらい感傷的ですものね」

ロッコの笑みが広がった。「そう思うかい？　だったら、こう言おうか。感傷よりも利益を得るほうに理由があった。僕はほかの人間が逃したチャンスをつかむ商才があるんだ。君のお父さんの会社が赤字になったのは経営手腕に弱点があったからで、製品のせいではない。オイルの質は最高だ。僕は世界有数のレストランで食事をしてきたが、あれほどのものはない。最高級品として輸出するつもりだよ」

「市場はオリーブオイルであふれているわ」

ロッコの視線がチェシーの口元をさまよった。「僕のオリーブオイルは違う」やわらかに強調する。「最高級品のための市場はつねに存在する。そして、エクストラバージンオイルは最高級品だ」

ロッコがあんなにもの憂げに値踏みするような視線を向けなければいいのに。チェシーは顔が熱くなるのを感じた。「典型的なシチリア男の言い草ね。オイルですらバージンでなくてはならないんだわ。ただのバージンでなく、特別《エクストラ》なバージンでないと」

ロッコがあまりにすばやく動いたので、チェシーは不意をつかれた。ついさっきまでは安全な距離を保ってくつろいでいた彼が、次の瞬間危険なほどハンサムな顔を彼女のすぐそばに近づけていた。

「もし僕がバージンにこだわるなら」ロッコの声が喉の奥でやわらかく響く。「それを失った君を、わざわざ結婚という檻《おり》にふたたび閉じこめようとはしないはずだ」ロッコはチェシーの頬に指を添えて、無理やり視線を合わせた。「そしてもし僕が典型的なシチリア男なら、結婚式の当日君と一緒に逃げたにきび面のティーンエイジャーを殺していただろうね。僕は何事においてもこのうえなく上品でいようと心がけている。念のため言っておくが、君が不実だった事実を僕に思い出させないほうがいい。今後この話題はいっさい禁止だ」

チェシーは黒々とした瞳と長いまつげに魅了されて動くこともできず、ロッコを見つめた。

見ているだけで胸が痛くなるほど、彼は美しい。

チェシーはロッコに唇を押しつけたい衝動に抗った。「どうして私と結婚したの？　父はお金を払って会社を手放すべき状況だったんでしょう」

不吉な沈黙の中、しばらくロッコはチェシーを見おろしていた。彼も私と同じように不可解な衝動を感じているのかしら、とチェシーは思った。ロッコがすべるように体をずらし、二人の間に距離をおく。「僕は結婚する心づもりができていた。そうでなければ、決して君のお父さんの要求には応じなかったよ。どんなに彼のオリーブオイルを手に入れたいと望んでいてもだ」

チェシーはロッコについて書かれた記事をすべて思い起こした。彼は女性の噂《うわさ》が絶えたことがない。誰もがロッコ・カステラーニを一夫一妻制の信奉者とは思わなかっただろう。もし彼が結婚する心づもりでいたのだとしたら、実にうまく隠していたものだ。「だったら、どうしてその気になっている愛人の一人と結婚しなかったの？」

「ずいぶんと古風な言いまわしをするんだな。ヴィクトリア朝時代のイギリスみたいだ」ロッコが微笑する。「愛人というのはセックスのためにいるものだよ、テソロ。しかし、妻はまったく異なる役目を負う。だからこそ、僕は違うタイプの女性を望んだんだ。シチリアの娘が欲しかったんだよ」

「私の血の半分はイギリス人よ」

「君のお父さんはシチリア人で、君はシチリアで育った」ロッコはさりげなく肩をすくめた。「僕にはそれで充分だ」

「私がシチリア人の妻としてなにを求められるか、知っていると思っていたの？」チェシーは背筋を伸ばし、顎を上げた。このせりふは繰り返し練習した。「とにかく、あなたに教えてあげるわ。私はとてもひどいシチリア人の妻になったでしょうね。今すぐにでも離婚するべきだわ、ロッコ。私がイギリス人の血をもっとあらわにする前に」

ロッコのたくましい体がこわばった。「最後にもう一度言っておく。僕は離婚するつもりはない。絶対にだ。君は僕の妻だし、今後も僕の妻でありつづける。お互いが不愉快にならないためにも、君はこのことをできるだけ早く受け入れたほうがいい」

2

離婚するつもりはない？

聞き間違いではないかと思って、チェシーは凍りついたように無言のまま座っていた。いずれロッコとふたたび顔を合わせるのはわかっていた。けれどもそれがどんなひどいものになろうとも、最終的には彼も離婚に同意するだろうと思って自分をなぐさめていた。結婚式での行動からも明らかだが、感情の面では、彼にとって結婚はなんの意味もない。

今や、父の会社も彼のものだ。父は死んでしまったのだから。だったら、なぜロッコは私と結婚していたいと思うの？

「離婚するのは簡単よ」チェシーは早口に言った。「お金もなにもいらない。大騒ぎしたりもしないわ」

「離婚は許さない。君の恋人が結婚したがっているのだとしたら、忍耐強くあることを祈るよ」

カルロは恋人などではないと否定しようとチェシーは口を開けたが、ふたたび閉じた。

ロッコは生粋のシチリア人だ。男らしさを誇示し、支配的で独占欲の強い性格が行動にも表れている。私がほかの男性とつき合っていると確信させれば、離婚に応じてくれるのではないだろうか？

かなり危険な作戦だ。でも……。「カルロと私は結婚にはこだわらないの」静かに言い、注意深くロッコの反応を見守る。「ただ一緒にいたいだけよ」

ロッコの黒い瞳に危険な輝きが宿った。「だったら、このみじめな状況を甘んじて受け入れるんだな。僕にとっての結婚は一生のものだから」

「あなたの口から聞くと、どうして全然ロマンチックに感じられないのかしら？」チェシーはおもしろくもなさそうに笑った。「あなたが外で楽しんでいる間、私は禁固刑に服するからだわ。父は母と一生の結婚をした。だから、私はシチリア男性の言う結婚の意味が理解できるの。だから無駄よ、ロッコ。もしかしたら、一度は私たちにもロマンチックな結婚のチャンスがあったかもしれない。でもあの女性を結婚式に招いたとき、あなたがそれをふいにしたの。式の当日に不義を働いておいて、どんな未来があるというの？」

「君にモラルを説く資格があるとは思えないがね」ロッコがなめらかな口調で言い、チェシーは目を閉じた。自ら罠《わな》にはまってしまった。

今の私にできるのは、ロッコの独占欲の強さを利用することだけだ。「私はバージンじゃないのよ。セックスをしたの。何度もね。あなたはほかの男性のことを思いつづける女が本当に欲しいの？」

ロッコの力強い体が動きをとめ、チェシーはちらりと言いすぎたと思った。「過去のことだ。僕のベッドに来て十五分もたたないうちに、君はほかの男のことなど忘れる」彼は傲慢《ごうまん》に宣言した。「最後の瞬間、君が叫ぶのは僕の名前だけだ」

チェシーは頬を熱くした。頭に浮かんだ生々しい光景に、声も出ないほどショックを受けていた。「あなたがそんなことを言うなんて信じられない」

「君は首尾一貫していないな、僕のいとしい人《カーラ・ミア》。恋人との仲をひけらかしたすぐそのあとで、つつましいふりをするんだから。はっきりさせたほうがいい。バージンと妖婦《ようふ》の、どっちが君なんだ？」

バージンよ。チェシーはそう叫びたかったが、自分のためにならないのはわかっていた。「私をここに引きとめることはできないわよ」彼女は声をつまらせた。「母がいないなら、私はすぐに発《た》つわ」

「無理だな。君は僕の妻だ。別荘に着いたら、すぐにその事実を思い知らせる」

ロッコは、私がバージンじゃないかどうか本気で確かめるつもりなの？

心臓が引っくり返りそうになったとき、突然チェシーは悟った。次にどうすればいいか、ヒントさえわからない。私は駆け引きに慣れていないのだ。ロッコのような男性には、とてもかなわないだろう。

「あなたは自分の権利を主張したいだけでしょう。縄張りを守る肉食動物と同じよ。でも、その必要はないわ。私は嘘《うそ》を言ったの。カルロのことなんてほとんど知らないわ。私はただ……彼と関係があると言えば、あなたが離婚に応じると思ったの」

「なにがあろうと、僕は離婚には応じない。三秒ごとに話を作り替えてもなにも変わらないよ」ロッコの視線はチェシーの顔から離れない。「すでにこの話はしたくないと言ったはずだ。だが最後にもう一度、確認しておこう。君は結婚式の当日に、彼と逃げ出した。それなのに今は、二人の関係はきれいなものだったと信じてほしいのか？」

「彼は車に乗せてくれただけよ。彼は私を救ってくれたの！」

「救う？」黒い眉が片方、嘲《あざけ》るようにつりあがる。「なにから救ったんだ、大切《テソロ》な人？裕福で怠惰な生活からか？　使いきれないほどの金からか？　あらゆる望みに応《こた》える使用人たちからか？」

チェシーはいらだちと不信のまなざしでロッコを見つめた。彼は父にそっくりだ。あらゆるものを富と所有物で評価しようとする。

「そういうものはどうでもいいの」一瞬、真実を明かしたい誘惑に駆られた。人生でいちばん欲しかったのは自由だと。けれども、ロッコ・カステラーニのような男には決して理解できない。どうして彼に私の人生がわかるだろう？　あの父親の娘として育つことがどんなものか、理解できるわけがない。「ただ、あなたとは結婚できないとわかったのよ」

「にきび面のティーンエイジャーと逃げるほうがよかったのか」そのゆっくりした男らしい話し方は、チェシーの神経を逆撫《な》でした。「彼は君を満足させたかい、テソロ？　初めてのセックスは夢のようだったか？　僕は君のお父さんの家の庭で、初めて君にキスしたときのことを覚えている。あるいは、君が僕にキスしたときと言うべきかな？　はっきりとは思い出せないが、あのとき君は熱い体をぴたりと押しつけ、僕を挑発していた」

チェシーの頬がほてり、突然体が熱くなった。ロッコはあの一度だけのキスが私になにを及ぼしたか、正確に知っていた――どんなに激しい欲求不満を残したかを。彼にすべてを見透かされていたことに、さらなる屈辱を覚える。私はそこまで愚かだったのだ。ロッコは私に魅力を感じ、人として思いやってくれていると信じていた。けれどもそのあとで、私などどうでもいいのだとわかった。彼の頭にあったのは父との取り引きであり、昔ながらのシチリアの妻を得ることだけだった。

両親の関係とまるっきり同じだ。

どうしてすぐに見抜けなかったのだろう？

結婚前、チェシーは幸せに浮かれていた。初めてうつろで暗い将来にまたたく希望の光を見た。とうとう父から逃れ、百万の女性が憧《あこが》れる男性と結婚する。ロッコは国際的な実業家だから、私はシチリアを離れられる。旅行をして外の生活も経験できる。

新しい生活を想像する間だけは、打ちひしがれた自信も踏みにじられた自尊心も気にならなかった。私はとるに足りない孤独な存在ではなく、ロッコの妻として、どこへ行っても歓迎されるだろう。私の背の高さと女らしい体つきをからかったやせた同級生の少女たちも、畏怖《いふ》と羨望《せんぼう》の視線を向けるだろう。私はヨーロッパでいちばん夫に望ましい独身男性と結婚するのだから。

ロッコ・カステラーニは私を選んだのだ。

内気な性格や背の高さではなく、その奥にひそむ本当の私を見てくれた。私がそう信じこんだだけなのだ。「駆け引きはやめましょう。お互いをおとしめるだけだわ」チェシーはやっとの思いで言った。「あなたは私と結婚したくなかったんでしょう。正直に言って、ロッコ。父は私を引き渡すためにいくら払ったの？」

ロッコの視線は揺るがなかった。「仕事の話は昼間だけで充分だ。妻とまで話す気はない」

「仕事ですって？」チェシーはいらだちを忘れた。「これは私たちの結婚についてよ、ロッコ。二人の人間がともに人生を過ごすという誓いのことだわ」

「僕は誓ったよ」

新たな取り引きを終えたかのようなロッコの口ぶりに、チェシーは顔をそむけて目に浮かぶ苦悩を隠した。「いいわ。とにかく父は結婚式の日、あなたに会社を与えた。あなたは欲しいものを手に入れたんでしょう」

ロッコは苦笑した。「これまで僕は一日じゅう働いて、君のお父さんが事業と呼んでいた惨状を収拾してきた。状況はようやくうわ向きになってきたよ。だから、こうして結婚に注意を向けられる」

チェシーは魅入られたようにロッコの黒い瞳を見つめた。体の奥深くでなにかが張りつめ、急いで彼から視線をそらす。

私はなにも感じていないわ。ただロッコがあまりにもすてきだから、無視できないだけ。彼を見て、ベッドのことを考えずにいるのはむずかしい。

チェシーは窓の外に目を向け、突然あたりの景色に見覚えがないことに気づいた。「それで、車はどこに向かっているの？」

「もちろん、我が家さ。結婚した男女が一緒に過ごすんだ。誰にもじゃまされず、二人きりになれる場所が必要だろう」ロッコの声がやわらかく語りかける。「僕の別荘は二人きりになるのにうってつけの場所だ。お互いをよく知るためには、プライバシーがなにより大事だからね、カーラ・ミア」

なにをほのめかしているかは間違えようもなく、チェシーは頬をほてらせてロッコに向き直った。「今つき合っているガールフレンドは忙しいの？」

「それはまた極端に子供じみたせりふだな」

車がゆっくりととまって、チェシーは波止場に着いたのだと察した。「ここはどこ？」

「わからないのかい？」ロッコは驚いたようにかすかに眉をひそめた。チェシーはふと思った。私がシチリアの辺鄙《へんぴ》な村から外へ出ることを許されなかったと知ったら、彼はなんと言うだろう？

「来たことがないもの」

「驚いたな。君の家はここからそう遠くないんだが」ロッコの目が考えこむようにチェシーに据えられた。「別荘はシチリア島ではなく、ボートで湾を渡った先にある。君と世界の間には海の水が横たわっているのさ。恋人のもとに戻ろうなんて思わないように」

「島に住んでいるの？」チェシーはがっくりした。逃げるという最後の望みも、目の前で泡と消えた。島では決して自由は得られない。したいと思ったすべてが、なりたいと思ったすべてが不可能になってしまう。「これまでいやというほど島で暮らしたのよ。水に囲まれるなんてごめんだわ！　イタリア本土に行って新しい経験をしたいの。私は――」

「僕のベッドで過ごすのは、前とは比べようもないほど新しい経験になるさ」ロッコは低い男性的な声で約束した。「君はまわりのものなどまったくどうでもよくなる。僕に必要なのは、ドアに鍵《かぎ》をかけることだ。そうすれば、君は僕の花嫁だと思い知るだろうから。すべてが終わったときには、君は僕以外なにも欲しくなくなる」

チェシーはごくりと唾《つば》をのみこんで、下腹部に燃えあがった炎を無視しようとした。「どうしてそんなことが言えるの？」

「当然だろう？　真実なんだから」

「ばかみたいに自分を過大評価しているのね」心臓はどきどきし、てのひらが汗ばむ。

「あなたは本気で、自分を完璧《かんぺき》な恋人だと思っているの？」

ロッコの険しい口元に、ほんのかすかな笑みが浮かぶ。「もともと負けず嫌いなんだ。何事においても、僕はつねに最高でなければならない。そうでなければ、行動する意味がないだろう？」

「あなたの自尊心をへこませるのはいやだけれど、ロッコ、私はやさしい男性が好きなの」

「僕はものすごくやさしくなれるよ」

チェシーの手足に危険なほど熱いものが流れていく。「傲慢なシチリア人では、その気になれないわ」

「その気になれない？」ロッコはチェシーに体を寄せ、唇を近づけた。長く濃いまつげは、なかば伏せられている。「まったくその気にならないのか？」

「ならないわ」全身に広がった熱を無視しようと努力しながら、チェシーは両腿を締めつけた。「まったくね。あなたのことなんてどうでもいいもの」

ロッコの視線がチェシーの唇にすべりおり、拷問さながらに長くとどまった。それから彼はにっこりすると、体を引いて座席の背にもたれた。「その不器用な坊やが君になにを教えたかは知らないが、ふたたび太陽がのぼるころには、君は僕のベッドで我と我が身を抑えきれなくなっているさ、カーラ・ミア。女の喜びに震え、君は何度も何度も僕に懇願する。態度しだいでは、望みをかなえてやってもいい」

「傲慢な人でなし！」理性の限界まであおりたてられ、チェシーはロッコの顔を思いきり引っぱたいた。

「なんたることだ《マドレ・デ・ディオ》」ロッコが彼女の手首をとらえた。その目に火山のように激しい怒りが燃えたぎる。チェシーは身を守るため、とっさに縮こまった。

そんな大胆な行動をとったことが信じられなかった。夜、ベッドの中で何度想像したことだろう。自らのために闘ったらどうなるかしら？　勇気をもって自分と母のために父から身を守れたら？

現実には一度しか抵抗していない。その唯一の反抗は忘れられない結果を引き起こした。そのときを境に、チェシーは目に浮かぶ怒りを見せないために床を見つめ、反撃しないために爪がてのひらにくいこむほど拳《こぶし》を握りしめるようになった。

でも、今日は違った。

チェシーはある程度の報復を覚悟していたが、ロッコは彼女を傷つけなかった。長く力強い指が鉄の帯のように彼女の手首をとらえているだけだ。

「放して」チェシーはぐいと引っぱったが、ロッコは放さなかった。「謝罪の言葉は期待しないで。あなたはたたかれて当然なんだもの」

「僕たちは月並みじゃない体の関係を楽しめそうだな。僕にとっては都合がいい」

「放して！　どんなことをされても私をボートには乗せられないわ、ロッコ！　私は声をあげるわよ。誘拐されそうだって――」ロッコの唇が近づいてきて、チェシーの言葉が喉元でとまった。

熱いキスに話す力を奪い取られたチェシーは、ロッコにぐったりともたれかかり、彼のジャケットをつかんだ。ロッコの指が頬を撫で、舌が差し入れられる。世界はぐるぐるまわりだし、出口のない官能が渦を巻く。体の内側からほとばしる信じられないほど激しい感覚にチェシーは息もできず、なにも考えられなくなった。ただ下へ下へと転がり落ちていき、満足したいという思いだけで頭がいっぱいになる。

脚の間で脈打つ執拗《しつよう》なうずきから解放されたくて、彼女は腕をロッコの広い肩にまわし、彼を引き寄せた。ロッコが腕をチェシーの両脚の下にすべりこませて、いっきに膝に抱きあげる。そしてボタンを引きちぎるようにしてチェシーのコートを押し開き、気の短い彼らしく薄いブラウスを引き裂いた。

「君はたくさん着すぎている」ロッコはチェシーの唇に向かってつぶやいた。「今後はやめてくれ」

チェシーは唇を開いて〝命令しないで〟と言おうとしたが、そのとき巧みな指があらわになった胸の先端をかすめた。興奮が突き刺すような苦痛となって全身を貫き、チェシーは思わず声をあげていた。

　ロッコはイタリア語でなにかつぶやくと、自由なほうの手をチェシーの髪に差し入れ、ふたたび唇を求めた。今度のキスは長く続き、興奮は愛撫《あいぶ》によっていっそう高められた。抵抗する力を失い、チェシーはさらに深い情熱の淵《ふち》に沈んだ。ロッコがようやく顔を上げたとき、彼女はぼんやりと震えていた。抗《あらが》うこともできずに彼の腕に抱きあげられ、暖かい夜気の中をボートに向かっている。

「ロッコ――」チェシーは小さく身をよじったが、ロッコは彼女を抱いたままタラップを進み、早口のイタリア語で誰かに指示を出した。それから、デッキの下にある優雅な居間部分へとチェシーを運んだ。

「楽しみに水を差して悪いが、移動しなければならない。二十分以内に島に着くだろう。そうしたら、続きを始められる」ロッコはチェシーをソファに座らせると、キャビネットに近づいてグラスに飲み物をついだ。彼の手は震えてもいない。実際ロッコは冷静で、超然として見えた。

　私とはまったく違う。

　チェシーは自分のふるまいにぞっとした。彼のことなんて好きじゃない。なに一つ好きじゃない。それなのに彼にキスされると、すべてを忘れてしまう。

自分自身に対する怒りと胸が悪くなるほどの恥ずかしさを感じながら、チェシーはコートをかき合わせて引き裂かれたブラウスを隠した。そのとき初めていつの間にかロッコがブラジャーを取り去り、胸がすっかりあらわになっているのに気づいた。

「あなたは私の服をだめにしたわ」

「また買えばいい。いや、むしろなにも着るな。どのみち、僕がすべて脱がせるんだから。別荘には人目がないことだし」

「私に裸で歩きまわれというの?」

ロッコはなんでもないかのように言った。「二人きりのときは、裸のほうが都合がいいからね」

私には都合が悪いわ。チェシーは自分の体が嫌いだった。学生時代は、やせた友人たちと正反対の体つきが恥ずかしくてたまらなかった。小ぶりな胸とほっそりした腰に憧れていたのに、現実はまったく逆だった。

チェシーは無言でロッコを見つめ、体の中でしつこく脈打つうずきを無視しようとした。私はいったいどうしてしまったの? 叫びだしそうになったかと思ったら、今度はまともに考えられなくなっている。こんな情けないことがある?

「私はもうあなたの囚人になったの?」

「いいや、違う、カーラ・ミア」ロッコはやさしく言い、グラスを口元に運んだ。「君は僕の妻だ。その事実を忘れず、それらしくふるまってほしい」

チェシーの顎が持ちあがる。「あなたはそのことを、私たちの結婚式のときに覚えていた?」

「今ここに僕のガールフレンドはいない」ロッコは指摘した。「君は僕を独占できるというわけだ。僕の寵愛《ちょうあい》を一身に受けるのを楽しみにすればいい」

チェシーはソファに力なくもたれた。心臓が激しく打っている。ロッコの寵愛など欲しくない。けれども国際的に名のある実業家の彼は、地中海の島に引きこもっていて有名になったわけではなく、遅かれ早かれ出ていくはずだ。そうすれば私も出ていける。彼とは正反対の方向へ。泳がなければならないとしても、島にとらわれたままでいる気はない。

「ニューヨークにはいつ帰るの?」

彼はほほえんだ。「セックスに飽きたときかな?」

「あなたが結婚のために仕事を犠牲にすると信じるほど、私はばかじゃないわ」

「仕事を犠牲にするなんて一言も言っていない」ロッコのまなざしはおもしろがっているようだった。「今は最新技術による情報伝達の時代なんだ、テソロ。島には仕事に必要なすべてがそろっている。これから数週間、僕たちをじゃまするものはない。情熱的な愛の交歓の合間に食事をとる必要はあるが」

チェシーはよろめきながら立ちあがった。ロッコの鋭い目の光と唇に浮かぶ微笑を見ると、落ち着かない気分になる。「どうしてそういうことを平然と口にできるの？　あなたにとっての結婚は、家を守る善良で従順な妻を持つことなんでしょう」

ロッコはしばらくチェシーの顔を見つめてから、グラスを置いた。「君にとっての結婚は？」

「パートナーを得ることよ。つまり敬意と――」チェシーは言葉を切った。ロッコのような男性の前で〝愛〟という言葉を口にしても、自分を愚かしく見せるだけだ。「そういうものに満ちている関係だわ」

「敬意？　ほかの男と逃げ出したときに君が見せたのが、それかい？」その声は表面上は穏やかだった。「念のために言っておくが、使用人たちは僕の花嫁を島に迎えるので興奮している。忘れないでくれ」

つまり、彼に恥をかかせるなという意味だ。突然あることが頭に浮かび、チェシーは眉をひそめた。「でも私たちがこの半年間別れて暮らしていたのは、みんな知っているんでしょう？」

「誰も知らない」ロッコはグラスをあけた。「僕は結婚式の当日にニューヨークに発ったから。君のお父さんも含め、みんな君も同行したと思っている」

「父も、私があなたと一緒に行ったと思ったの？」

「もちろんさ。逃げ出したあの夜、君は自分以外の人のことなど考えなかったんだな」ロッコの声が険しくなった。「お義父《とう》さんは健康状態がよくなかったのに、君はなにも言わずに姿を消した。彼は娘に別れを言う機会も与えられずに亡くなったんだ。家族とはなによりも大切なものであるべきなのに、君にはわからない。君は葬儀にも参列しなかった」

ロッコ・カステラーニにはわからない。私の人生がどんなものだったかなんて。チェシーはふたたびソファに座り、遠くを見つめた。

「今さら罪悪感を覚えても、少々遅いんじゃないかな、テソロ」ロッコの声がチェシーのもの思いに割って入った。「君のお父さんは逝《い》ってしまった。今になってつぐなおうと思っても間に合わない」

「つぐなうですって?」私の父親が本当はどんな人間だったか、ロッコに教えたほうがい い。けれども、どうしても話す気になれなかった。これまで自分の思いをいっさいもらさずにいたせいで、どうやって打ち明ければいいかがわからない。しかも相手は、あらゆる意味で父にそっくりな傲慢なシチリア人だ。ロッコも父のやり方に賛成するに違いない。

チェシーの中で絶望とパニックが入りまじった。ロッコとの結婚は、父親から自由になることだった。ところが実際は、またとらわれの身になっている。「ロッコ——」

「過去は忘れよう。今大切なのは将来だ」彼はチェシーを立ちあがらせた。「着いたようだ。僕たちの新居にようこそ。夜が明けたら、何本か電話をかけなければ。いささかあわててニューヨークを発ったからね。君はベッドに行って少し休むといい」

3

ロッコは二杯目のワインをついだグラスをもてあそんでいた。焼けつくような怒りといらだちを注意深く押し隠しながら、テラスに置かれたテーブルの向こう側に座る妻を見つめる。

二人はちょうど水平線から太陽が顔をのぞかせたころに、別荘に到着した。チェシーは睡眠をとったが、ロッコはニューヨークを発《た》ってからふくれあがった膨大な問題を解決して一日を過ごした。彼はあと少しで大きな取り引きをまとめるところで、重役たちは切羽つまっていた。どう考えても、シチリアに引きこもるにはいい時期ではない。

花嫁を失う危険を冒すにもいい時期ではない。

ロッコは本能的に感じ取っていた。もし自分がいなければ、チェシーはふたたび逃げ出すだろう。いや、もっと悪いことに、恋人と連絡を取り合うかもしれないのだ。チェシーがこれほど複雑な人間だと、誰が考えただろう？　ロッコは怒りに歯噛《が》みしつつ、グラスにワインをたっぷりつぎ足した。

彼女は矛盾だらけだ。

チェシーは無垢《むく》で信じられないほど幼く見えた。濃い色の髪はうなじで一つにまとめてある。着ている服はとても控えめで、おそらく彼女が通っていた修道院つきの学校にいても場違いではないだろう。外見はロッコが結婚相手に選んだときのままだ。つつましやかで、やさしくて、善良な彼女は、妻として完璧《かんぺき》に見えた。

結婚式のあと、ほかの男と逃げ出すような女性にはとても見えない。

だが空港でチェシーをつかまえてから、ロッコは彼女のまったく別の一面を目のあたりにした。彼がなんとか話をさせようとした内気で無口な若い娘は、自分の意見を持ち、火のように激しく反抗した。妻を過小評価していたようだ、とロッコは認めた。だが、二度と過ちは犯さない。すでにチェシーが逃げないように、警護を固める手はずも整えた。妻は僕の同意なしにどこにも行けない。

ロッコは、チェシーが半年も姿を消していたという事実に憤りを感じていた。カルロ・マンチーニと花嫁が一緒に車に乗りこむなり、彼は警護チームから詳細な報告を受けた。だが不運にも、その報告は彼女の消息をたどれるほど詳細ではなかった。

彼らはチェシーを見失った。

ワイングラスを見つめるロッコの表情は陰鬱《いんうつ》だった。チェシーの父ブルーノ・メンドーゾから、娘との結婚を持ちかけられたときのことを思い出す。ロッコは反射的に尻ごみし、遠慮しようと思った。結婚を考えてはいたものの、花嫁は自分で選ぶつもりでいた。だがチェシーに会って、彼女こそ希望どおりだと悟った。実際、自分でも彼女のような女性を選んだだろう。ノーメイクで控えめな服装、明らかにたわむれの恋愛には興味がない。これまでずっとシチリアに暮らし、バージンだ。そして間違いなく彼に憧《あこが》れている。男がこれ以上妻に望むことがあるだろうか？　考えれば考えるほどすばらしい。ロッコは結婚を承諾した。

今、ただでさえ青ざめた頬を暗く見せる黒のハイネックの服を着たチェシーを見ると、あのしみ一つない肌と無垢な表情の下にはなにがあるのだろうと不思議になる。恋人を思っているのだろうか？

妻がほかの男と一緒にいると考えただけで激しい嫉妬《しっと》が突きあげ、突然衝動がわきあがった。テラスでチェシーを押し倒し、カルロ・マンチーニに対する思いをすべて追い出してやりたい。ロッコはグラスをあけながら誓った。このあと、チェシーをベッドに連れていこう。そうすれば、彼女は僕以外の男のことなど考えられなくなるはずだ。

チェシーは気のないようすで皿の上の料理をつついていた。食欲がなかった。シチリアに戻ってロッコと一緒にいるなんて信じられない。

どこで私の人生は間違ってしまったのだろう？　父とは何十年も一緒に暮らしてきたの

に、まだ自由を与えられる資格がないのだろうか？

今日は一日じゅう巨大なベッドに横たわって過ごした。眠るにはストレスが多すぎて、ただ天井を見つめながらもう一度逃げ出す計画を練ろうと努力した。けれどもこれまでのところ、なに一ついい考えは浮かんでこない。泳いで海を渡るには遠すぎるし、ロッコの使用人が船に乗せてくれるとも思えない。

チェシーは顔を上げて水平線を見つめた。蔓《つる》植物が屋根を作っているテラスは、美しい金色の砂浜と海に面している。わかるのは隔離されているということだけ。炎のようだった決意も消え、今の彼女はあきらめの境地にいた。

イタリア本土に戻らなくては。

チェシーはふたたび皿に目を戻した。ロッコの黒っぽい危険な瞳に見つめられているのを感じる。不良少年だった過去をうかがわせる、荒れ狂う情熱を秘めた目に。あの瞳を向けられると、どんな貞淑な女性でもこのうえなくみだらなことを考えてしまうだろう。チェシーは彼に心を乱されたくなかった。

彼の女性関係も、彼とここに閉じこめられたことも考えたくなかった。それに、車の中でしたキスも。

あのキスはチェシーを混乱させた。意味がないとわかってはいても、我を忘れてしまった。普通なら私は、ロッコ・カステラーニが振り向きもしないタイプの女なのに。ふいに、結婚式の日に彼にしがみついていたほっそりしたブロンド女性のことが思い出された。もし彼女がロッコの好きなタイプだとしたら、彼がワインにばかり手を伸ばすのも不思議はない。私の体はロッコの考える女性美とはかけ離れている。ベッドに連れていくという誓いを実行するためには、酔う必要があるのだろう。

どうしてこんなことになったのかしら？

どうしてロッコ・カステラーニと結婚するようなはめになったの？

チェシーはフォークを置いて、自分のワイングラスを取りあげた。彼女の心は、父が結婚の計画について語った日に漂っていった……。

「どうした？　なにも言わないつもりか？」ブルーノ・メンドーゾの声はいらだっていた。「口がきけないのか？」

いいえ、ショックを受けたのよ。

チェシーは床を見つめていた。父の目を見ないほうがいいのはわかっていた。ああ、どうしよう。お父さまは私に夫を買い与えようとしている。それも年寄りの夫ではなく、ロッコ・カステラーニを。これ以上の屈辱があるだろうか？

現実はやさしくないと知るために、修道院つきの学校で一緒だった少女たちの嘲《あざけ》りを思い出す必要はなかった。たしかに私の瞳はブルーだけれど髪は真っ黒だし、体はほかの少女たちの発育がとまったあとも成長を続けた。自分の欠点なら承知しているから、わざわざ鏡を見なくてもロッコ・カステラーニがいつも選ぶ女性にほど遠いのはわかっている。きっと彼はがっかりする。当然でしょう？　ロッコ・カステラーニのように洗練された実業家が、どうして私のような娘と結婚するかしら？　村の外へ出かけることすら禁じられているような娘と。

なによりも屈辱だったのは、チェシーがポケットの奥深くに彼の写真をしのばせていたことだ。写真は誰にも見られないように注意深く折りたたんでいたので、すり切れていた。一年ほど前、チェシーは新聞から写真を切り抜いて枕《まくら》の下に隠したのだった。愚かで子供じみた行為だったけれど、ロッコは百万もの女性が夢見る顔と体の持ち主だった。そして、彼女にはあこがれることしかできなかった。『高慢と偏見』のミスター・ダーシーと『嵐《あらし》が丘』のヒースクリフ、『ジェーン・エア』のミスター・ロチェスターをすべて足したような存在の彼に。

ロッコ・カステラーニは露骨なまでに男性的だったが、チェシーは気にしなかった。彼のむき出しの男らしさに魅了されていたせいだ。そういう男性の妻は、世界じゅうを旅してまわる。眠れぬ夜、彼女はロッコのような男性に望まれるのはどんなだろうと空想した。自分が彼のどこに惹《ひ》かれたのかは、よくわかっていた。富でも外見でもない。力強さだ。ロッコ・カステラーニはタフで気骨があり、自分の意見を持っている。チェシーの知る中で、父親に立ち向かえる唯一の男性だ。

そして今、その父がロッコにチェシーとの結婚を強要している。とはいえ、彼女にはわかっていた。私のような女と一生を過ごすようロッコを説得するには、父の支払う額では充分ではない。ロッコに拒絶されることは、私にとって究極の屈辱だろう。

「髪をとかしてきなさい」父親が命令した。「彼は五分もしないうちに、ここにやってくる。おまえに会いたがっているんだ」

チェシーはぞっとして父を見つめた。髪をとかす？ ロッコ・カステラーニはモデルや女優とデートしている人なのよ。髪をとかそうがどうしようが、なんの違いがあるの？ 私に必要なのは十五センチ背を低くして、十二キロ体重を軽くすることだ。

苦悩のまなざしをちらりと向けても、母親はなにも言わなかった。チェシーは自室に戻り、バスルームで櫛《くし》に手を伸ばしたとき、馬力のある車のエンジン音が近づいてくるのを耳にした。あきらめと興奮の入りまじった気持ちでこっそり窓に近づく。優美な黒のスポーツカーが屋敷の前でとまり、ロッコ・カステラーニが運転席から降りてきた。

〝イル・ルポ〟――狼《おおかみ》だわ。新聞のビジネス欄では、彼をそう呼んでいなかったかしら？ 彼は傾きかけた企業を攻撃し、破産させるか株を買い占める。どちらのほうがより多くの利益を生むかによって、やり方を決めるらしい。彼は危険を恐れない。大胆で情け容赦なく、怖いものなしだ。

しかもロッコは、見たこともないほどすばらしい外見の持ち主だった。シチリアの強い日差しの下で、つややかな黒髪が輝いている。サングラスをしているが、チェシーは彼の瞳も黒いのを知っていた。身長は百八十五センチを優に超え、体つきは陸上選手のようにしなやかで頑丈。服を着るように男らしさを身につけている。どんな女性もひと目見ただけで欲しくなる男性だ。

それにひきかえ、この私は……。

鏡の中の自分を振り返り、チェシーはうめき声をこらえた。私を見たら彼はどうするだろう？　ショックを受け、笑って部屋を出ていくに違いない。私との結婚話を持ちかけたこと自体が滑稽《こっけい》だ。

突然チェシーは、ほかの女の子たちが外出するときに着るようなセクシーな服ばかり自分が持っていたらよかったのにと思った。でも、あるのは体の線の出ない地味な服ばかり。男性の視線を引きつけそうなものはいっさい着てはならないと、父から命じられていたからだ。チェシーを一言で言い表すなら、〝野暮ったい〟という言葉がぴったりだった。

トンネルを掘って逃げ道を作るにはどのくらい時間がかかるかしらと考えながら、チェシーは階下《した》に下りた。屈辱を受けるかと思うと、恐怖を感じた。

ロッコ・カステラーニは父親と話していた。チェシーが部屋に入っていくと、話は中断した。

父が紹介する間、チェシーは苦痛を感じながら黙って立っていた。なにを言えば状況がましになるのか、見当もつかなかった。もしロッコが多少でも良識を備えていたら、さっさと逃げ出すはずだ。

ところが、彼は逃げ出さなかった。

足を開いて立つロッコは、自信と精力的な男らしさをみなぎらせていた。

「こちらのお庭は美しいですね」そのなめらかな口調が、チェシーの体を沸点まで熱くした。

「フランチェスカに案内してもらってもいいでしょうか?」

チェシーの父親は眉をひそめ、その提案を受け入れなかった。

「誰かをつき添わせよう」

「必要ないでしょう」ロッコが顔を上げた。彼のほほえみには鋼の強さがあった。

「僕と一緒にいれば、お嬢さんは安全です」

安全ですって? チェシーは唇を引き結んで叫び声を抑えた。私は安全でなどいたくない。限られた狭い世界から逃げ出したいの。自由に生きて、情熱という言葉の本当の意味を知りたい。もしロッコ・カステラーニがちょっとでも手を出す気になったとしたら、二人きりになったほうが好都合だ。

知り合いの女の子たちは学生時代から男の子とつき合い、セックスを経験していた。それなのに私は二十一歳という成人に達した今でも、監視役なしでは男性と外を出歩くのも許されない。これではまだ学生だと思われるだろう。まともな頭の男性が、そんな奇妙な女と結婚したいと望むかしら？

父親もそう考えたのかとうとう折れ、二人は庭を歩くことになった。ロッコは打ち解けたようすで、自然だった。

一方、チェシーのほうは恥ずかしさとばつの悪さから死にそうな気分だった。けれどもロッコはうんざりした態度も見せずにやさしく話しかけたり質問したりしたので、とうとうチェシーもしかたなくぽつぽつと彼の問いに答えた。

ロッコは彼女を笑わせた。二度も。チェシーはすばらしい気分だった。というのも、最後に笑ったのがいつなのか思い出せないくらいだったからだ。

それ以後も、会うたびにロッコは二人だけで過ごしたいと主張し、必ずチェシーを笑わせた。四度目に会ったとき、チェシーはロッコをこれまで会った中でいちばん感じのいい人だと思った。五度目に会ったときは、彼に本当の恋をした。

それでも結婚を申しこまれた日、痛いくらい恥ずかしくて、チェシーは下を見つめたままでいた。

「父が望んだからプロポーズするんでしょう？」

「もしそう思っているのだとしたら、君は僕のことをまったくわかっていない」ロッコは心をうずかせる、ゆっくりとしたもの憂げな口調で言った。

「これまで僕は、自分以外の人を喜ばせるためになにかしたことがない。どうしようもないほど自分勝手な男なんだ」ロッコは片手でチェシーの顎をとらえると、目が合うまで顔を上げさせた。

チェシーは体の中が震えるのを感じた。彼が私との結婚を望むのは、自分がそうしたいからなの？

「私はあなたの妻にふさわしくないわ」

「君はまさに僕の妻にふさわしいよ。そうでなかったら、今こんなふうに会話などしていない」

チェシーはロッコを信じられない思いで見つめた。ロッコ・カステラーニが本気で私と結婚したいと思っているの？「どうして？」

ロッコは自分の感情を説明するのに慣れていないようだった。「僕たちなら、すばらしい夫婦になれるからだ」傲慢《ごうまん》な自信を見せる。「一緒にいるとお互い楽しいし、君は僕が妻に望むすべてでもある」

チェシーはこれが夢なのかどうかを確かめるために、自分をつねってみたくなった。学生時代の私はみんなにからかわれるほど、野暮ったくておどおどしていた。それが男性の中でも神のような人物が――ロッコ・カステラーニが私を選ぶなんて。

「フランチェスカ？　僕は答えを待っているんだよ。承諾してくれるのかい？」

答え？　彼は答えが欲しいの？　男性から意見を求められたのはいつだっただろう？

「ええ」チェシーは震える声で答えた。

「もちろん承諾するわ」突然、世界が開けた気がした。ロッコと一緒なら、夢の中にしか存在しなかった生活が送れる。

そして二人は幸せになる。孤独に苦しむことはない。外の世界から隔離されることもない。

とうとう、私は自分の人生を生きられるのだ。

チェシーは現在に立ち返り、なおもロッコに見つめられているのに気づいた。食事を続けるのはあきらめた。彼と一緒にいるだけで、なぜか胃を締めつけられ、食欲がなくなってしまう。

「なにか食べなさい」ロッコが身を乗り出して、チェシーのグラスにワインを満たした。

「腹をすかしていたって、君の問題はなに一つ解決できない」

体重を増やしても解決できないわ。結婚式の日に彼といた女性がやせていたことを痛いほど意識しながら、チェシーはもっと胸がなければいいのに、とまたしても願った。暗い色のゆったりした服を着ていても、体の線は隠しきれない。

「本当におなかがすいていないの」建物の中へ視線を向けたが、使用人の姿は見えない。

「私、母の居場所を知りたいの。代わりにさがしてくれる？」

「どうして僕にそんなことができると思った？」

「あなたはシチリア人の有力者だわ。あなたが望めば、母の居場所くらい突きとめられるでしょう」

ロッコが自分のグラスにワインをついだ。「彼女は家にいるべきだった。夫の死を悼むために」

「母を裁かないで」胸が苦しいのも忘れて、チェシーは立ちあがった。「母が耐えてきた苦労を思えば、聖女に推薦されてもいいくらいなんだから」

ロッコが考え深げにチェシーを見つめる。「どうやらお義父《とう》さんは、一緒に暮らすのに楽な相手じゃなかったようだ。座りなさい、フランチェスカ。食事の席でくつろげないと、僕は消化不良を起こしてしまうんだ」

チェシーはテーブルをつかんだ。ワインのせいで頬には赤みが差している。「まさかあなたは――」

「チェシー」彼の声は落ち着いていた。「座るんだ」

心臓がはねあがり、チェシーは椅子に座った。ロッコに愛称で呼ばれたのは初めてだった。

「あれこれ私に指図して楽しい?」ロッコに長い間じっと見つめられ、チェシーの全身に電気のような衝撃が駆け抜けた。

「食事が終わったらすぐにでも、僕が楽しいことを思う存分教えてあげるつもりだよ」ロッコがなめらかな口調で言い、チェシーは椅子に座り直した。

「それがセックスだとしたら、あなたと一緒にベッドに行く気はないと言っておくわ」

ロッコはほほえんだ。

「もちろん君は行くさ。僕とベッドに行きたくてたまらないくせに、まだローナのことでふくれているのかい? 安心していいよ。もうつき合っていないから。彼女とは手を切った」

その無神経な言葉に、チェシーはあぜんとした。「それで私の気分がよくなるとでも思っているの?」

「当然だろう? ローナとは純粋に体だけの関係で、すでに終わった。結婚式の前に」ロッコは無造作に肩をすくめた。「だから君が嫉妬する必要はない」

「嫉妬なんかしていないと、ずっと言っているでしょう。ただあなたが嫌いなだけよ!」

信じられないというように、チェシーはかぶりを振った。

「純粋に体だけの関係だったと言うけれど、関係を結んだ女性たちを実際に好きになったことはないの?」

「もちろんある」

「これまでに誰かを愛したことは？」

ロッコはチェシーには聞き取れない言葉をイタリア語でつぶやき、身を乗り出した。その目にはからかうような光が躍っている。

「大人になるんだ。今、君は現実の世界にいる。大人の関係というのは複雑で、いろいろな形があるものさ」

「あなたの場合は一つの形しかなさそうね。それも横になってすることだけなのよ」

「そのどこが悪い？　君も同じことをしたじゃないか。そんなふうに怒り狂ったバージンみたいにふるまうのはやめてくれ。過去は忘れよう」

カルロについて嘘《うそ》を言わなければよかった。あのときは、それでうまくいくと信じていたけれど。

「私はあなたのことを魅力的だと思わないし、ベッドにも行きたくないわ」

「十五秒だ」ロッコはやさしく言ってグラスを持ちあげ、無言で乾杯した。

「それだけあれば、君の気を変えられる。もっと少なくてもいいかもしれない」視線がチェシーの口元に落ち、彼女は下腹部に熱い熱が押し寄せるのを感じた。

「きっと私はあなたを拒絶した初めての女なんでしょうね。そんなふうに思ったことはあって？」

「いや」

彼が私の唇を見つめないでくれたらいいのに。落ち着きを失い、チェシーはワイングラスに手を伸ばした。勇気が必要なとき、人はお酒を飲むんじゃなかった？　いいわ。私は山ほど飲む必要がある。彼女は注意深くワインを口に含み、味と香りに意外な喜びを感じながら二口目を飲んだ。さらに飲むと、頭がくらくらしはじめた。「すごくおいしいわね」

「飲みほすとは思わなかったな」

「喉が渇いているの。もっといただけない？」

「なにか食べないうちはだめだ」ロッコがボトルをチェシーの手の届かないところにすべらせる。

チェシーは彼をにらみつけた。なぜなにもかもぼんやりして見えるのかしら？「私に命令しないで」

「だったら、子供みたいなふるまいはやめるんだ」

ロッコのさぐるような視線に耐えられず、チェシーは顔をそむけた。「私を見つめないで。あなただって私の立場にいたら、飲まずにいられないわ」

「どんな立場なんだ？」

あなたの前で服を脱ぐと考えるだけで恥ずかしくて死にそうになる、と告白するべきかしら？　いいえ、だめよ。自信がなさそうに見えたら、魅力的じゃないでしょう？　そうでなくても魅力がないのに。

「今みたいな状況じゃ、くつろげるって言えないもの」チェシーは口の中でもごもご言った。グラスが手から離れる。急に疲れを感じた。「本当にくたくたなの。ベッドに行ってもいい？」

しばらくロッコは、無言でチェシーを見つめていた。「ここは君の家だ。好きなようにすればいい」

私が本気で信じると思っているの？　チェシーはめまいを覚えながらも、疑い深げにロッコを見た。「あなたが認めることに限って、でしょう？」

「もちろん」ロッコはかすかにほほえんで立ちあがった。「幸運にも、ベッドに行くことについては僕も認めている。寝室まで連れていってあげよう」

「寝室がどこにあるかは知っているわ」

「今日、君が使っていたのは客用寝室だ。今夜、君は僕たちのベッドで眠るんだよ」

チェシーはロッコに導かれて、宮殿のような邸内を進んでいった。弧を描く大きな階段をのぼり、広大で風通しのいい寝室に入る。薄手の白いカーテンが、テラスに向かって開け放たれているガラスドアの前でゆったりとそよいでいた。

「まあ……とてもすてき」脚がばかみたいに重く感じられる。テラスの外に向かおうとして、チェシーは突然よろめいた。「ふらふらするの。きっとワインのせいね」

「一杯しか飲んでいないだろう」

「一杯も飲んだのは初めてだったし」ろれつがまわらなかった。罵《ののし》りの言葉を吐いたロッコに抱きあげられ、チェシーは安堵《あんど》の息をもらした。「ありがとう。歩くよりもこのほうが断然いいわ」

ベッドに横たえられたときも、頭はぼうっとしていた。目を開けると、ロッコの唇が不満そうに引き結ばれているのに気づいた。

「アルコール依存症の女と結婚したんじゃないかって心配しているんでしょう」寝返りを打って横向きになりながら、眠たげに言う。

「心配しないで。アルコールを口にしたのは今夜が初めてだから。今の気分を考えると、絶対に二度目はないわ」

「初めて？」ロッコの信じられないと言わんばかりの口調に、チェシーはそっとほほえんで目を閉じた。

「そうよ。父は、女がお酒を飲むのを許さなかったから。実のところ、女そのものを認めていなかった——母を裏切ってつき合っていた人たちを除けばね。ちょっとあなたに似ているわね」枕は信じられないほどやわらかかった。「ものすごく気持ちいいわ。おやすみなさい」

寝室の外のテラスを行ったり来たりしながら、ロッコはつのるいらだちを抑えようと努めていた。

チェシーはグラス一杯のワインを飲んだあと、ベッドで眠っている。

どの時点で僕は失敗したのだろうか？　フランチェスカ・メンドーゾは完璧な妻になるはずだった。

初めて会ったときのチェシーはつつしみ深く、痛ましいくらい礼儀正しかった。やさしく従順だったし、うれしくなるほど崇拝のまなざしで僕を見ていた。愛らしい彼女はキスをすると激しく反応し、予想外にうれしかったものだ。思いがけない強烈な欲望に圧倒されたのを思い出し、ロッコは眉をひそめた。僕はずっと、花嫁が情熱を秘めているのではないかと疑っていた。だが、まさかそれをほかの男に示すとは思ってもいなかった。

ロッコはテラスを歩きつづけた。いつもなら自分の自制心には誇りを持っているのだが、花嫁がふたたび姿を現してからというもの、意外にもそれほど長くは我慢していられないことに気づいた。

目覚めている時間、ロッコは絶え間ない激しい嫉妬と闘っていた。こんな気分にはなりたくなかった。そういう感情は有害だとわかっているから。チェシーがもはやバージンではないという事実は、二人の将来には関係ない。

しかし、チェシーがすっかり性格を豹変《ひょうへん》させたらしい点はほうっておけない。彼女は今まで会った女性の中で、もっとも複雑で矛盾した女性だ。女らしい嫉妬心を見せながら癇癪《かんしやく》を爆発させてわめいたかと思うと、次の瞬間には大人の女性というよりも子供のようにまるくなってベッドに横たわっている。そして一度たりともかつてのように彼をうれしがらせたり、喜ばせたりしなかった。

ロッコは長いため息とともに、乱暴に髪をかきあげた。どうして女というものは一筋縄ではいかないのだろう。なに一つもくろんだとおりに運ばない。

家庭を作る潮時だと決意したとき、ロッコは計画にこれほど手間と時間がかかるとは思わなかった。いずれ結婚を申しこまれると期待していた多くの女性たちのことを考えると、簡単にいくとしか考えられなかった。

しかしチェシーを扱うのは、簡単どころではなかった。機会さえあれば、彼女はふたたび逃げ出すに違いない。

すべては自尊心の問題なのだ、とロッコは自分に言い聞かせた。伝統的なシチリア人として育ったにもかかわらず、チェシーは他人と張り合うことをひどくいやがる。結婚式の日にローナを見て、彼女はプライドが傷ついたのだろう。

結婚生活は期待していたほど簡単ではなかったという事実を受け入れながらも、ロッコは問題点を洗い出し、分析した。複雑なプロジェクトと同じく、結婚にも特別な配慮と注意が必要になりそうだ——少なくとも、今しばらくは。だが僕が本気を出せば、二晩で妻を手なずけられる。

ロッコは腕時計を確認すると、テラスの階段を下りて、オフィスに改装した別荘の一角に向かった。まだ宵の口だし、花嫁は眠っている。

ニューヨークに何本か電話をかけて、取り引きの状況を確認したほうがいいだろう。妻が目覚めたときに、全神経を傾けられるように。

4

目覚めると頭はずきずきするし、顔にはスポットライトをあてられているようだった。「ああ、お願い。明かりを消して」チェシーはうめき、枕《まくら》に顔をうずめた。

「太陽の光だよ」すぐそばで、冷ややかな男性の声が聞こえた。シーツは足首のあたりにからまっており、さわやかな空気がチェシーの肌に触れる。どうやら下着しか身につけていないようだ。

恥ずかしさに声をもらし、シーツをつかんで満足できるまで体を隠した。「私の服はどうなったの？」

「君が意識を失って五秒後に僕が脱がせた」ロッコがからかうような口調でのんびりと答えた。

「アルコールのおかげで、君は刺激的なディナーの相手にはならなかったからね。今夜は水しかあげないよ」

ロッコに脱がされたと思うと、どきどきした。チェシーはベッドに起きあがり、顎までシーツを引っぱりあげた。「アルコールのせいじゃないわ。睡眠不足だったからよ。疲れていたの」

ロッコを見ると、ネクタイをはずしている。チェシーは目を見開いた。「朝なのよ。どうして服を脱ぐの？」

「スーツを着たまま、君のいるベッドに入る気はないからね」ロッコはネクタイをいちばん近い椅子にかけ、肩を揺すってジャケットを脱いだ。

「私と一緒のベッドに……」チェシーはさらにきつくシーツを握りしめた。「今からセックスなんてできないわ。もう日がのぼっているのに」

ロッコはそっけなく肩をすくめた。「一晩じゅう、会議で拘束されていたんだ。そうでなければ、とっくにベッドに入って君が目覚めるのを待っていた。セックスは暗闇《くらやみ》の中でだけ行われるものだという考えに執着したことはないね」腕時計を手近なテーブルに置くと、ゆっくりとシャツのボタンをはずしていく。「僕にとっては日の高いほうが都合がいい」

「セックスの話になると、あなたはどんなことでも都合がよくなるんじゃないかしら」チェシーはつぶやいた。明るい日の光のもと、彼と愛を交わすと思っただけでぞっとする。

最悪の悪夢だ。なおもシーツを握りしめたまま、チェシーはベッドの端にすばやく移動した。

「ねえ、私にはとても無理だわ」

「恋人に忠実でいたいと心配していても、今日以降、君は彼の名前さえ忘れてしまうよ。保証する」ロッコはいつもの自信を見せながら言うと、シャツを落としてズボンのファスナーに指をかけた。

チェシーは顔を赤らめ、目をそらした。人前で服を脱ぐのも、彼にとってはなんでもないことなのだ。けれどもロッコのような体なら、私だって緊張もせずにさらしていたに違いない。

チェシーは我慢できずにロッコを盗み見た。ブロンズ色の肌に濃い色の胸毛が影を落とし、完璧《かんぺき》な筋肉に濃淡をつけている。彼はなにもかも鋭い線と力強い男らしさからできていた。本で見たルネッサンスの彫刻と比べずにはいられない。ミケランジェロやドナテッロは、男性の完全無比な肉体をブロンズ像でとらえようとした。でもロッコは生身の人間で、みずみずしさにあふれている。

ファスナーが下りていき、チェシーの目は黒い毛をたどって、シルクのボクサーショーツを押しあげている場所に向けられた。息をのみ、さっと目をそらす。今こそ、実はカルロとはなにもなかったとロッコに言うべきだ。けれどもバージンだと告白するのは、これまで誰からも求められなかったと認めることになる。結婚式に愛人を招待したことを考えると、ロッコもとくに私を欲しいとは思っていない。

前にも経験があると見せかけることができるはずよ。やがてボクサーショーツが床にすべり落ちたとき、チェシーは初めて見る男性の体に目を奪われた。心臓は引っくり返り、不安は頂点に達した。

「そのシーツを放す気はあるのか？」ベッドに上がってきたロッコが、チェシーのシーツをもぎ取った。

昨日の夜着ていた黒のゆったりした服が、床に落ちている。チェシーはベッドから身を乗り出して、それを取りあげようとした。

「なにをしている？」長い指のブロンズ色の手がチェシーのウエストをとらえ、ベッドの中央に引き戻した。「そんなものは必要ないだろう」

「ただ着るだけよ」

「着てなんの意味がある？」ロッコはこのうえなく自信ありげな手つきで、チェシーの顔にかかる乱れた髪を払った。「僕がまた脱がせるだけなのに」

「あの……」その声は震えていた。

「ふざけるのはやめましょう。私は、あなたがベッドをともにしている人たちとは違うの。お互いわかっているはずよ」

きっと私をひと目見たら、彼の気持ちは萎《な》えてしまうわ。チェシーはふたたびシーツの下に隠れながら、みじめな気分で思った。

「ほかの女の話はするな」ロッコはもう一度シーツをはぎ取ると、離れたところに押しやった。「僕は今、君と一緒にいる。それだけが重要なんだ」

ロッコの視線が胸に落ちたのを意識し、チェシーの体は熱くなった。静寂は永遠に続くように思われた。軽蔑《けいべつ》の言葉を待つ間に、彼女は逆らう気持ちも消えうせた。

「見ないで。ひどい体形なのはわかっているから」なんとか彼から逃れようとする。

ロッコはチェシーをしっかりと押さえていた。その暗いまなざしに、奇妙な表情が浮かぶ。「ひどい体形？　いったいどういう意味だ？」

はっきりと口で説明しろというの？

「わかっているはずよ。私はあなたがデートしていたモデルみたいな体じゃないわ。太っているもの」

「太っていないよ」ロッコはかすれた声で保証すると、チェシーをそっと仰向けに押し倒し、なだらかなカーブを描くおなかを撫《な》でた。「君はすばらしいスタイルをしている。完璧だ」

完璧ですって？　チェシーは反論しようと口を開いたが、ロッコがすかさず胸の先端を唇でとらえた。チェシーはやわらかなあえぎ声をもらし、胸をそらした。ちらちらと動く彼の舌が、熱い感覚を限界まで高めていく。チェシーは低くうめき、目をきつく閉じた。

「こんなことをしてはいけないのに――」

「僕たちは結婚しているんだ」ロッコが喉の奥でつぶやく。「半年前にすませておくべきだった」

ロッコがもう一方の胸に注意を移すと、チェシーの脚の間のうずきが耐えがたいほどになった。体の中でつのる緊張をゆるめようとシーツの上で身もだえしたが、ロッコが片手でチェシーの体を押さえ、しっかりと動きを封じこめた。

「ロッコ……」わけのわからない感覚にとらわれ、チェシーはあえぎつつ彼の名を呼んだ。するとロッコが低い笑い声とともに、力強くしなやかな動きでチェシーの上におおいかぶさった。

「気に入ったかい？」ロッコは耳障りな声をもらし、唇を重ねた。同時に手を下にすべらせて、彼女のまるいヒップを包みこむ。

「すばらしい感触だ。出会った瞬間から、君とのセックスは信じられないものになるとわかっていたよ」

本当にそんなことを思っていたの？　チェシーは必死に考えようとした。だが彼の舌が口の中をエロチックにさぐり、巧みな指先が危険きわまる速度でうねるようにうごめく。

感覚以外のすべてが消えた。体はより深い満足を求めて脈打ち、うずいている。チェシーは敏感な肌にこすれるロッコのざらざらした毛をぼんやりと意識していた。彼女のまるみをおびた体に対して、ロッコはどこもかしこも硬くて力強い。やがて彼はわずかに体の位置を変え、チェシーのもっとも親密な場所に指をすべりこませた。

「ああ……」

そこに誰かが触れたのは初めてだった。けれども彼の触れ方は自信と確信にあふれ、抵抗することもできない。なじみのない衝撃が全身を襲い、チェシーはショックで叫んだ。本能的に腰を動かすと、ロッコが体の重みで押さえこむ。キスが続くうちに、チェシーの世界はぐるぐるまわりはじめ、なにもわからなくなった。

「感じるかい、いとしい人《カーラ》?」手慣れた愛撫《あいぶ》のせいで、その声は遠くに聞こえた。「気に入った?」

「すごいわ。どうしてもあなたに……してほしいの……ロッコ……」チェシーはすすり泣き、ロッコのなめらかな肩に爪を立てた。彼は男性らしい低い声で、満足そうな笑い声をもらした。

「やめてほしいなら、いつでもそう言ってくれ」

「やめる? いいえ、やめないで」チェシーはロッコの唇に向かってあえいだ。ぎりぎりまで張りつめた状態から解放されたくて、夢中で腰を浮かせる。

「なにが欲しい、大切な人《テソロ》? これか?」唯一の目的のために体の位置を変えると、ロッコはチェシーの脚を押し広げて有無を言わせず中に入った。

その大きさと力強さに、チェシーの息がとまる。ロッコが片手を腰の下にすべらせて、さらに深く体を進めたとき、彼女は抗議の言葉をつぶやいた。

そのとたん、ロッコが動きをとめた。チェシーを見おろすハンサムな顔に緊張が浮かんでいる。「痛かったのかい？」

痛みがひどくなるのを恐れ、チェシーはじっとしたまま彼を見あげた。「なぜそんなことをきくの？」

ロッコは彼女の顔にかかる乱れた髪を、驚くほどやさしく払いのけた。「たぶん、君の爪のせいで僕の肩から血が流れているからじゃないかな？」

「あら」チェシーは両手を脇《わき》に下ろした。「ごめんなさい」

「これまで誰かに情緒不安定だと言われたことはないかい？」ロッコは考え深げな表情でチェシーを観察した。それから彼女の髪に手を差し入れ、唇を合わせた。「キスしてくれ、テソロ。すべてうまくいく。僕を信じてほしい」

無精ひげを感じながらチェシーは求められるままに唇を開き、ロッコにすべてをゆだねた。興奮を高めるキスはゆっくりと確実に目的を達し、いつしかチェシーは身をくねらせて自らを押しつけていた。痛みがあったことなど忘れて。

ロッコがわずかに身を引き、ふたたびチェシーの中に入った。今度彼女が感じたのはとてつもなく甘い満足と、ロッコの男性らしい独占欲だけだった。腰に彼の両手が添えられ、ほんの少し体の位置が変わる。ロッコが充分な気づかいと自制心をもって体を動かした瞬間、チェシーはいきなり最初のクライマックスに達し、息をのんだ。全身は炎と化し、これまで存在すら知らなかった欲望に焼きつくされているようだ。ロッコが彼女を持ちあげてさらになめらかな奥へと突き進んだときには、嗚咽《おえつ》がもれた。

興奮が熱い貪欲《どんよく》な波となって押し寄せる。チェシーは息も絶え絶えにロッコの名を呼んで身をそらし、彼の作り出すリズムに合わせて動いた。やがてふたたびクライマックスに貫かれた瞬間、世界が粉々になった気がした。息もとまりそうな激しさに、全身が震え、脈打つ。そのすさまじいほどの感覚に駆りたてられたようにロッコの動きが速まり、チェシーの耳に彼のかすれたうめき声が聞こえた。

ようやく嵐《あらし》が去り、チェシーはなおもロッコの熱い脈動を味わいながら、目を閉じて横たわっていた。自分の身に起きたことにショックを覚え、呆然《ぼうぜん》自失の状態だった。

知らなかった。もっとも奔放な夢でさえ、こんなふうではなかった。これは単なる身体的な経験ではない。言葉では言い表せない、天地を揺るがすほどの密接なつながりだ。ずっと一人きりでいるのに慣れていただけに、チェシーは驚いていた。

これまでチェシーは人と交わらずに生きてきた。父親が娘を人から引き離し、友達づき合いすらいやがったからだ。忍びがたい孤独の中、チェシーにあったのは本だけで、友達はその登場人物だった。

けれども、ロッコとの関係は本物だ。チェシーは途方もなくもの憂い余韻にひたりつつ、かすかな笑みを浮かべた。どんな物語も、男女が実際に結ばれるときの強烈な充足感を教えてはくれなかった。本当に分かち合うことが、そして自分のすべてをほかの誰かに与えることがどんなものなのか、初めて知った。

ロッコの体の重みと力にとらわれたまま動く気にもなれず、チェシーはこの完璧なひとときがずっと続いてくれたらと願った。ロッコの呼吸がしだいに落ち着いていき、ざらざらした胸が肌にこすれるのを感じる。厳しい現実は遠い彼方《かなた》にあるようだ。なじみのない感覚に、彼女の体は熱くうずいていた。こんなふうに抱き合っていると、なぜ離婚を望んだのか、なぜあれほど自由を求めたのかが思い出せない。このひととき以外のものなんていらない。それ以上のものなど存在しないだろうから。

ロッコが体を離して仰向けになった。チェシーは彼にしがみついてそのままでいてと懇願したかったが、言葉が出てこなかった。五感を揺るがす激しい経験のあとで、どうふるまっていいのか見当もつかない。ロッコも同じように感じているのかしら？　抑えがたい誘惑に駆られ、首をめぐらせてロッコを見る。すると、全身が熱い思いにとろけた。

彼は罪深いほど美しい。

我慢できずにむさぼるような視線を男性的な横顔にさまよわせ、無精髭《ひげ》の生えた力強い顎を見つめる。

見られているのに気づいたのか、ロッコが顔を向けた。「今後は二度と、ほかの男と寝たなんて嘘《うそ》をつくな」その声には鋭い棘《とげ》があり、煮えたぎる怒りをうかがわせた。「僕は相手の男を殺していたかもしれないんだぞ」

チェシーの中で、温かな気持ちが泡と消えた。完全に満たされ、愛の行為の余韻にひたっていたので、ロマンチックな言葉が聞けるのではないかと期待していた。「い……いったいなにを言っているの?」

「マンチーニのことだ」ロッコは仰向けになったまま、体を隠そうともしなかった。裸でいる気恥ずかしさもまったく感じていない。

「彼が恋人として役立たずだったのか、君が言えなかったせいかは知らない。ともかく、君は今朝までバージンだった」

チェシーは頬が赤くなるのを感じた。「あなたに真実を話そうとしたのよ――」

「だが、それは嘘をついたあとだ。念のため言っておくが、シチリア人の夫にほかの男と寝たと言うとは無謀にもほどがある」

ロッコは体の向きを変えてチェシーを見おろした。その目にあった炎は消え、穏やかな満足が浮かんでいる。

「だが、君がバージンだったのはうれしい。このうえない喜びだ。そういうことなら逃げ出した君を許してもいいと思う」

許すですって? チェシーは嵐のような激しさをおびたロッコの瞳を見つめ、そこになんらかのやさしさがないか、愛の行為と同じくらい深い絆《きずな》が映し出されていないかをさぐった。たった今、二人は信じられないほど親密ななにかを分かち合った。そのあとにくるはずの愛の言葉はどこへ行ってしまったの？「あなたの言いたいのはそれだけ？　気にするのは、私がバージンだったことだけなの？」

「そんなに驚くことなのかい？」いかにも男性らしい満足げな笑みを浮かべながら、ロッコは欲望をかきたてるようにチェシーのなだらかな腰を撫でた。「君は僕の妻だ。僕は人となにかを共有するのが得意ではない。気にしないように努力したが、ひどく苦労したよ」

チェシーの体はロッコに触れられたとたんに反応した。熱く重い感覚が下腹部に広がっていく。「あなたって、我慢ならないほど独占欲が強いのね」

「ありがとう」ロッコは手を離すと、ベッドから飛びおりてバスルームに向かった。輝くばかりの体をさらしていることも気にしていない。「他人の車に乗せてもらうときは、そのことを思い出すといい」

チェシーは体に残る危険なうずきを無視しようと努めながら、しばらくじっと横たわっていた。そのうち、じわじわと失望がわいてきた。

これが私の初体験だということは、ロッコも知っている。彼はロマンチックな言葉を口にしただろうか？　やさしい言葉の一つでも言った？　いいえ、なにもない。彼は私を自分のものにすれば、それでよかったのだ。親密な絆なんてそんなもの。きっとロッコは私の体さえ見ていない。

チェシーは立ち直れないほどに打ちひしがれた。

やがて決意が――父親から離れていた半年の間に培った決意がわきあがるのを感じた。二度と誰かに踏みにじられるつもりはない。

チェシーはベッドからすべりおりた。震える手で脱ぎ捨てられたロッコのシャツをつかんで袖《そで》を通し、体にしっかりと巻きつける。それからバスルームに向かうと、ちょうどロッコがジェットシャワーのスイッチを押したところだった。

「話があるの」

「セックスのあとの会話というのは過大評価されすぎだ」ロッコはゆっくりと言い、タオルに手を伸ばした。「僕は肉体的な快楽だけを味わいたい」

「そうね、よくわかるわ」私が味わっている感情など、彼にとっては別にめずらしくもないのだろう。そう思うと、ただみじめさばかりが増した。「あなたの寝室のテクニックには努力が必要みたいね」

ロッコが振り返って輝くような男性美をさらし、チェシーは指がうずいて彼を引き寄せたくなった。彼を鉛筆でスケッチしよう。強く大胆な線で――。

チェシーは顔をそむけた。ミケランジェロやダ・ヴィンチのような芸術家でも、ロッコの体を正確に表現するのは無理だ。絵画は二次元のものだし、彫刻でさえあの強く硬い筋肉のつややかな曲線を忠実に再現するのはむずかしいだろう。

ロッコは不穏な雰囲気を漂わせ、長い間じっとチェシーを見つめた。「今、なんと言った？」

チェシーはごくりと唾《つば》をのみこんだ。「あなたの寝室のテクニックには努力が必要だと言ったの」

「たった今、君は信じられないほどの経験をしたじゃないか。生まれて初めてだっただろう。僕がベッドから出たとき、君は疲れきって動くこともできなかった」ロッコの声は低く鋭く、目は危険な光を放っていた。

「で、どんな努力が必要なんだ？」ロッコが近づいたので、チェシーは小さく声をあげ、彼の広い胸から目をそらした。

これではあまりに近すぎる。

「セックスのことじゃないわ、そのあとよ」チェシーはつぶやき、タイルの壁に目を据えた。「あなたはなにも言わなかった――ふさわしい言葉を」

「ふさわしい？」彼は心からとまどっているらしい。「〝ふさわしい〟とはどういう意味だ？」

「気持ちのこもった言葉がなかったって意味よ。私に魅力を感じなかったとしても、あなたが悪いんだから。私は日がのぼっているからいやだと、最初に言ったもの」長い沈黙が続く。

「日がのぼっていたらどうだというんだ?」

チェシーは唇を噛《か》んだ。「暗くなるまで待てば、私の体を見なくてすんだでしょう」

「だからこそ、明るい時間を選んだんだ」ロッコはチェシーの顎に手をすべらせて視線を合わせた。「どうして僕が君の体を見たくないと思う?」

彼はチェシーの口から理由を言わせたいのだろうか?「私はあなたの好みのタイプじゃないもの。きっとあなたは――」

「君は自分の体のどこを変えたいんだ?」いつもの命令口調だった。「言うんだ。僕は知りたい」

「あの……わかるでしょう」チェシーは顔をそむけようとしたが、ロッコがそれをはばんだ。「なにもかも小さくしたいの。胸も腰も、脚の長さも――」

「だったら、神に与えられた体を君が変える立場になくて、僕は運がよかった」彼はチェシーの弱々しい抵抗をものともせず、シャツを脱がせた。「君の体は完璧だ、テソロ。体を隠したがるところを除けば、君のどこも変えたくない」

本能的にチェシーは体を隠そうとしたが、ロッコはやわらかな笑い声をあげて彼女の両手首をとらえ、無理やり彼の首にまわさせた。

「やめて。あなたが私の体を好きなはずがないわ」

「君は証明してほしいのか?」ロッコが両手をチェシーのウエストにすべらせて、ぐいっと引き寄せる。彼の高まった体が押しつけられ、チェシーはびっくりしてあえいだが、その声は激しいキスによって封じられた。「これで信じたかい、僕の天使《アンジェロ・ミオ》?」

チェシーは思いがけない感覚に襲われ、呆然とした。なにについて話していたのかも忘れそうになる。

「もし私に魅力を感じていたなら、どうしてあんなふうに突然ベッドを飛び出したの?」

「君とベッドにいて愛を交わさないなんてできない相談だからさ」ロッコはセクシーな笑みを浮かべ、チェシーの顔からやさしく髪を払いのけた。

「そうするにはまだ早すぎる。君を傷つけたくない。だから、代わりに冷たいシャワーを浴びたんだ」

「あら」チェシーはちらりとシャワーの方を見た。まったく湯気が上がっていない。

「僕も君に質問がある」ロッコは傲慢《ごうまん》な自信を見せて、手をチェシーのヒップにすべらせた。「君が太っていると思わせたのはいったい誰なんだ?」

「わからないわ」チェシーは当惑して肩をすくめた。「学校で一緒だった女の子たちかしら。父もだし、私も鏡を見てそう思ったわ。きっとみんなね」

ロッコは険しい顔で眉をひそめた。「お義父《とう》さんが自分の娘の自信を砕いたのか?」

「クリケットのバットでたたきのめした、というのが正しい表現でしょうね」チェシーはそっけなく言ったあと、話しすぎたと気づいてびっくりした。二十一年間ずっと口を閉じていたのに、今は機会があるたびに思ったことを話している。

ロッコは考え深げにチェシーの顔を見つめた。「お義父さんは間違っていた。君の体はあらゆる意味で完璧だ。変えたいところなど一つもない」

そのほめ言葉と思いがけないやさしいまなざしがうれしくて、チェシーはサテンのようなロッコの力強い肩をいとおしげに撫でた。「一つも？　本気で言っているの？」

「もちろん」ロッコはチェシーの唇に向かってつぶやいた。「君は僕の望むすべてだ。これからそれを証明するよ。何度も何度もね、テソロ」

そして、彼はそのとおりにした。

続く二週間は恍惚《こうこつ》のかすみの中で過ぎていった。ロッコはチェシーの恥じらいも不安も取り合わず、毎晩夜通し彼女と愛を交わした。彼がチェシーの体に喜びを見いだしているのは間違いなく、彼女は求められていると納得せざるをえなかった。

それに、必ずしも愛情がこめられていないとしても、ロッコは心からチェシーの体をほめたたえた。彼は感情を言葉で表すのに慣れていない。だから、これが始まりなのだ。二人で学んでいこう。一緒に努力していけばいい。シチリアに戻ってきて二週間がたったころ、チェシーは満ちたりた中で自分にそう言い聞かせた。ロッコが私を気づかっているのはわかる。チェシーは人生で初めて、自分に満足を覚えていた。魅力的に、セクシーになった気がした。

毎日は同じように過ぎていった。ロッコは別荘の一角を占めるオフィスで一日を過ごし、一晩じゅうチェシーと愛を交わしたあと、夜明けとともに仕事を開始する。いつ食事と睡眠をとっているのか、見当もつかないくらいだ。チェシーは心のどこかで、ロッコが昼間も一緒に過ごしてくれたら――めくるめくセックス以外のものも分かち合えたらと思うようになった。でも、ロッコは億万長者だ。億万長者というのは、一日じゅうのんびりして財をなすわけではない。たとえ新婚であっても。

どうしてあれほど裕福な男性がなにかに駆られるように仕事に没頭するのかと、チェシーは一度ならず不思議に思った。けれども、彼に尋ねる機会はなかった。二人の関係に会話は含まれていないからだ。でもたいていの関係はセックスから始まり、しだいに深い感情をはぐくむものではないだろうか?

チェシーにとってロッコと一緒に過ごすことは、初めて経験する本物の冒険だった。ロッコは私を女らしい気持ちにさせ、求められていると感じさせてくれる。それに、私の体もよく知っている。

自由を手に入れることも忘れ、チェシーは今や二人の関係に夢中になっていた。毎夜、ロッコは戦利品をさがす戦士のごとく二人の寝室を訪れる。そのたびチェシーは今夜こそ話をするだけにしようと思うのだが、決意は十秒ともたないのだった。

愛の行為はいちずで欲望に忠実だったが、繊細で思いやりに満ちてもいた。チェシーはもはや、ロッコが自分に魅力を感じていないとは思わなかった。実のところ、彼は私が好きなのかもしれない。そうでなければ、どうして私と何時間も愛を交わせるだろう? だから、ほかのこともいずれ分かち合えるようになる。時間の問題だ。海外出張するとき、彼は私も連れていってくれるだろう。二人で旅行して、一緒に楽しく時間を過ごすのだ。

寝返りを打って仰向けになったとき、うずく体にかすかな痛みが走るのを感じて、チェシーは満ちたりた女らしい笑みを浮かべた。ロッコは愛しているとは言わなかったかもしれない。でも、私の体はたしかに愛してくれている。これをきっかけにすればいい。彼は何度も何度も私は完璧だと言ってくれた。

完璧。チェシーは頭の中でその言葉を繰り返してほほえんだ。ロッコは愛を交わさずにはいられず、夜な夜な繰り返し私を求め、私が欲しくて我慢できないと言った。生まれて初めてチェシーは、自分の見た目に自信を持つようになっていた。

島に来た日から、二人が夜を別々に過ごしたことはない。チェシーは暖かな毛布のようにその事実を抱きしめた。私をベッドに下ろした瞬間から、ロッコはほかの女性に目もくれなくなったようだ。彼が父と似ていると思ったのは間違いだった。

ロッコはタフで強いというのは真実だ。けれども、彼は私の望みをかなえてくれる。情熱的な夜を過ごすごとに、二人はより近づいている。父は母のベッドで毎夜過ごしてはいなかった。

チェシーはベッドからすべり出るとさっとシャワーを浴び、服を着てバッグに手を伸ばした。昼間、彼女はビーチで過ごした。たっぷり眠り、秘密の趣味――スケッチにふける。父がいつもしていたようにロッコに持ち物をあさられることもないので、なにをしているか隠す必要はなかった。チェシーは毎日泳いではときどき横たわって絵を描《か》いたり、これから訪れる夜を思いながらロッコを夢見たりした。

けれど、今日はロッコが恋しくてたまらなかった。

砂の上に敷いたマットに落ち着いたものの、チェシーはそわそわしはじめた。腕時計をちらりと見ると、ようやく正午になるというところだ。何時間もたたなくては、ロッコは寝室にやってこない。

私から彼に会いに行けばいい。だったら、どうしてそうしないの？　どうしていつもロッコが物事を決めなくてはならないの？

信じられないほど大胆な気分になり、チェシーは持ち物をまとめて別荘に引き返した。勇気をかき集めてロッコのオフィスがある別棟に向かう。驚いたことに、そこでは人々が忙しく働いていた。

明るく風通しのいいオフィスで、四人のとびきりの美女があわただしく仕事をこなしている。その向こうに、大きなガラス窓から海が見える広い部屋があり、ロッコがいた。

彼はデスクの端に腰かけ、肩と耳の間に電話をはさんでいた。大事な話の最中のようだ。袖をまくりあげたシャツの白さが、ブロンズ色の腕と対照的だ。しばらくチェシーは戸口に立ちつくし、ロッコの肩の広さと受話器に向かって複雑な指示を出す彼の話しぶりに心を奪われていた。すると、彼が顔を上げてチェシーを見た。

「あとでかけ直す」ロッコは詫《わ》びの言葉も残念そうなそぶりも見せずに電話を切った。妻のしどけない姿にも目は険しく、表情は事務的だった。「なにかあったのか？　問題が起きたとか？」

これが二人の結婚なのだと、チェシーは悲しげに認めた。私の姿を見て、ロッコは問題に結びつけた。体の関係を除けば、二人が一緒に過ごすことはない。昼間は顔を合わせることさえなかった。

「なにも問題はないわ」ほんの数時間前に分かち合ったすばらしい夜が今も頭の中で繰り返し再現されているというのに、問題などあるわけがない。「ただ、あなたに会いに来たの。話がしたくて」

「話？」ロッコは理解できない外国語のようにその言葉をおうむ返しにすると、立ちあがってチェシーに近づいた。「いったいなにを話す？」

ロッコはとても背が高い。おそらく百九十センチ近くはあるだろう。彼は私に背の高さを忘れさせてくれた初めての人だ。彼のそばなら背中をまるめたり、踵《かかと》のない靴をはいたりする必要もない。

チェシーは両手を握り合わせ、どうやったら昨夜二人が包まれた親密な雰囲気を取り戻せるだろうと考えた。ロッコの口からやさしい言葉を――気づかってくれている証《あかし》となる愛情のこもった言葉を聞きたかった。けれども、彼はそういうことが得意ではない。言葉よりも行動の人だから。

部下たちに聞かれているかもしれないと気づいて、チェシーは肩越しにちらりと後ろを見た。「ドアを閉めてもいいかしら？」

「僕は仕事をしているんだよ、チェシー」

チェシーは事務的な口調に意気消沈しないよう努めた。彼は私に会うと思っていなかったのだ。たぶん、まだ電話が気にかかるのだろう。「あなたに話したいことがあったの。二人きりで」

ロッコはチェシーの顔をしばらく見つめた。やがて険しかった視線がいくらかやわらぎ、あたりを包んでいた緊張が期待へと変化する。ロッコはオフィスを横切り、てのひらでドアをばたんと閉めた。

「これで二人きりだ。君が話さなければならないことというのがなんなのか、聞きたいな」

「お仕事のじゃまをしたことで怒っていない？」

「じゃましてもいいことはある。これはまさしくそのうちの一つだ」ロッコはほほえみを浮かべてチェシーのもとに戻ってきた。チェシーの全身に安堵《あんど》が広がっていく。来てよかったのだ。彼は私を思ってくれている。ただ仕事にじゃまが入るのに慣れていないのと、自分の気持ちを表すのが苦手なだけで。ちょっと背中を押す必要があったのよ。

「話がしたかったの。夜まで待てなくて」

「よくわかるよ」ロッコはチェシーに、短いが熱烈なキスをした。「大事な話があるのに、どうして待つ必要がある？　来てくれてうれしいよ」

チェシーはうれしくなり、ロッコを見あげてほほえんだ。「二人でもっと多くの時間を一緒に過ごしたくて」

「もちろんだとも。いずれそうなる」ロッコのほほえみはやさしかった。「家族旅行にピクニック。お義父さんはずいぶん厳しくて子育てに協力しなかったようだが、心配しなくていい。男の子には、大人の男の見本がとても大切だ。だから息子が生まれたら、最初から育児にかかわっていくつもりだよ」

息子？　チェシーは呆然とロッコを見つめた。

「いったいなんの話？」

「君は妊娠したんだろう？　いいんだよ、僕は喜んでいるんだから。期待していたし」

ロッコは私が妊娠したと考えているの？

「ど……どうしてそんなふうに思ったの？」

「君を妊娠させるためでなければ、どうしてこの二週間、毎晩かかさず愛を交わす？」ロッコはそっけなく肩をすくめた。「家族を作るのが僕たちの結婚の目的だろう。すばらしいニュースだ。本当にうれしいよ、テソロ。君は実に手際がいい」

チェシーは開いた口がふさがらなかった。頭の中でロッコの言葉が鳴り響き、際限ない歓喜の記憶が鮮やかによみがえる。「この二週間……あなたは私を妊娠させようとしていたの？」

「当然だろう」チェシーの問いにとまどい、ロッコがかすかに眉をひそめる。「ほかになにがある？」

ほかになにがある？　チェシーは情熱や欲望について尋ねたかったが、言葉が出てこなかった。「あ……あなたは私の体を完璧だと言ったわ」

「そのとおりだよ。どうして疑う？」ロッコが後ろに下がった。目がチェシーの豊かな胸にとまり、さらに下がってなだらかな腰に移る。「何度も繰り返しそう言っただろう。君のすべてが母親になるために作られているようなものだ。腰なんてまさに完璧だよ――子供を身ごもるのにふさわしい」

子供を身ごもるのにふさわしい？　だから私を完璧だと思ったの？　セクシーで抗《あらが》いがたいからじゃなくて？　芽生えはじめたもろい自信がぽきんと折れ、しばらくチェシーはショックのあまり口がきけないどころか、考えることもできなかった。

「座りたいわ」チェシーが弱々しい声で言うと、すぐさまロッコは彼女に腕をまわして、オフィスの隅に置かれたやわらかなオフホワイトのソファに連れていった。

「そのほうがいい」彼の口調は気づかわしげだ。「たっぷり休息をとらなくては。今後、夜は一人にしてあげるよ。君もよく眠れるだろう」

それこそチェシーがもっとも望んでいないことであり、聞きたくない言葉だった。脚ががくがく震えてとても体を支えていられず、チェシーはソファにどさりと座った。

「あなたは私に魅力を感じたからではなく、赤ちゃんを作るために毎晩ベッドに来たの？　私の体が好きなわけじゃなかったのね？」

「何度言わなきゃならない？　君の体は完璧だよ」

「そ……それは跡継ぎを作るのに完璧という意味でしょう」怒りがわきあがり、チェシーは口ごもった。「私に魅力を感じたのとは違うわ」

「君に魅力を感じなければ」ロッコがゆっくりと言った。「一晩に四度も愛し合ったりしない」

一晩に五度よ。チェシーはそう思ったけれど、ひどいショックのせいで間違いを正すことができなかった。「私と話し合おうとは思わなかったの?」

「話し合うってなにを?」ロッコが顔をしかめる。「妊娠は、夫婦のセックスの自然な結果じゃないか」

夫婦のセックス? 「たぶん、中世ならそうだったでしょうね」チェシーは自分の声が甲高くなるのがわかった。

「でも現代は違うわ。女は仕事を持ち、パートナーと家族を作ることについて話し合うの。いつ、何人子供を作るか、決めるものなのよ」

「だから、子供を作ったんじゃないか」ロッコは軽く肩をすくめた。「君は仕事をしていないし、経済的にも問題はない。僕は今すぐにでも何人でも欲しいと思っている」

「あら、そうなの? じゃあ、私の意見はどうなるの?」

ロッコはいらだたしげな視線を投げた。「できるだけすぐにたくさん子供が欲しいことに、なにも問題はないだろう。君は若く健康で、母親になるよう生まれついている。どうして先に延ばす?」

ロッコが私の体に執着していたのは欲望とはまったく関係なく、子供が欲しかったからだなんて。チェシーは声をつまらせながらも言った。「今、私がどんな気持ちでいるかわかる?」

「幸せな気分かい?」理解を超えた問題が起きているのを感じ取り、ロッコは警戒した。

「君の立場になるためなら人殺しも辞さない女は何百万といるんだ」

「私の立場になったら、あなたを殺そうとする女だって何百万といるわ」チェシーはてのひらに爪をくいこませ、必死に感情を抑えた。「私が乱暴者だったら、今ごろあなたはこの世にいないわね」

「それもホルモンのせいさ」

チェシーは立ちあがった。怒りは頂点に達し、ロッコを殴りたい気分だった。「私がなにを考えているか、あなたには見当もつかないでしょうね」

「女性がなにを考えているかわかるなんて嘘をつくほど、楽観的な男はいないよ――とくに、その女性が妊娠しているとあっては」ロッコは彼独特の、ゆっくりとしたもの憂げな話し方で請け合った。「僕は不利な状況で時間を無駄にしたりしないんだ。夫婦でいることを確かめ合う必要はない」

「でも、それがきっかけになるとは思わない？」チェシーはいらだちをつのらせた。私のことをなに一つ知らないだけではない。彼は知りたいとも思っていないように見える。私が子供を産むためにここに来たと、彼は信じているのだ。ほかにはなにもないと。それが私の仕事だから。

「私の計画に子供は含まれないとは考えなかったの？」

ロッコの目が細くなった。「どういう意味だ？」

「私は旅をしたいの。自分の人生を生きて、仕事を持ちたいのよ」さあ、言ったわ。チェシーの心臓が激しく打ちはじめた。「働きたいの」

「望む以上の金を自由に使えるのに、どうして働きたいなんて思うんだ？」

「お金の問題じゃないわ。自尊心と楽しみの問題なの。それに――」芸術にかかわりたい。ロッコの険しい視線を受けて、チェシーは言葉を切った。「あなたに理解してもらいたいのよ」

「なにを理解する？　僕の妻は子供を望んでいないということをか？」

「子供が欲しくないなんて言っていないわ」チェシーはすばやく言った。「まだ欲しくないと言っているだけ。こういう問題は二人で話し合うべきだと思っていたわ。私にほかにしたいことがあるとは思い浮かばなかった？」

「どうして思い浮かぶ？　僕は避妊しなかったし、君だってなにも言わなかった」ロッコの目はチェシーの顔に据えられた。「顔色が悪いし、明らかに動揺しているね。これまで以上に睡眠が必要だ。君は疲れているんだ。午後、ドクターに飛んできてもらって君を診察させよう。今後は夜も君のじゃまはしないよ」

彼はまったく私の言葉を聞いていない。「つまり種はまいたから、もう私を妊娠させるために体力を使わなくていいということ？」チェシーは硬い声で言った。これまで避妊しなかった理由を突然気づかされ、なおも立ち直れずにいた。「あなたを失望させるのはいやなんだけれど、ドクターの時間を無駄にする必要はないわ。私は妊娠していないの。だからホルモンの影響を受けてもいないのよ、ロッコ」

彼は身を硬くした。「妊娠していないって?」

「妊娠していないわ」誤解がないように、チェシーは同じ言葉をゆっくりと繰り返した。

「だからもしそれがあなたの本当の目的なら、今後も真剣に取り組まないといけないわね。確実にするためには、一晩に六度はしたほうがいいんじゃないかしら?」

「君は妊娠していないと言うために、僕の仕事のじゃまをしに来たのか?」

「妊娠していないと言いに来たわけじゃないわ! そんなことなんて、これっぽちも考えていなかったのに! ただ私の望みを――」

チェシーは口をつぐんだ。怒りといらだちが、みじめな気分に変わる。同じ感情を分かち合っていないのに、どうしてもっと一緒にいたいなんて告白できるだろう? ロッコは私のことなどなんとも思っていない。

同じことをまた繰り返してしまったのだ。

またしても、私はロッコの強烈な魅力にとらわれてしまった。そうではないのに彼をすばらしい人だと信じ、私を思ってくれていると信じた。ロッコの腕に抱かれた瞬間私は愛とロマンスについて考えたけれど、彼はセックスと赤ん坊のことを考えていた。

ばか、ばか。

ロッコの前で恥ずかしいまねをする前に部屋を出ていかなくては。「こんな会話は意味がないわ。もう行くわね」チェシーはつぶやいた。「あとで会えるでしょうから。子作りの日課をこなすときに」

「皮肉は君に似合わない」ロッコはチェシーの肩に手をかけ、彼女をくるりと振り向かせた。「お互いに納得できる結論が出るまでは行かせないよ」

「ビジネスの取り決めじゃないのよ、ロッコ！　そもそも納得できる結論というのは、あなたの思いどおりにすることでしょう。あなたは行く手をはばむ者すべてを強引に従わせるんでしょうけれど、私だけは無理よ！」チェシーの心臓は激しく打っていた。「私はあなたの妻だもの。私たちは一つのチームであるべきだわ。私にいばり散らすなんて許さない」

「いばり散らしたりしていない」ロッコはわざとらしく強調し、歯をくいしばった。「僕たちは一つのチームだろう」

「話もしないで、どうしてチームだなんて言えるの？」ああ、まったくもう。真実を言ったほうがいいのかもしれない。涙で目がひりひりし、チェシーは顎を上げた。「私がここに来たのはそのためなの。体のつながり以外のなにかが二人の関係に欲しかった。この二週間ほとんど言葉を交わしていないことに、あなたは気づいていた？　私は二人で一緒に過ごす時間が欲しかった。私たちに足りないものだから。そして、理由をさぐりたかったの。でも、あなたは会話に興味を持っていない。というか、私に興味を持っていないのね」チェシーはおもしろくもなさそうに笑った。

「私の役割は息子をもたらすことだった。あなたは私を妊娠させたかっただけ――だから昼間は私と顔を合わせないし、夜は種馬みたいに一晩じゅう暴れているんだわ」

ロッコは首の後ろを手で押さえた。「君の言うことには一理あるが、真実をひどくゆがめてもいる。動揺しているのは見ればわかるが――」

「本当に？　ただ見るだけでわかるの？　だったら、あなたは見かけよりも鈍くないのね」チェシーがオフィスから出ていこうとしたとき、ふたたびロッコに腕をとられて振り返らされた。

「僕は君を、子供たちの完璧な母親として見ていた」ロッコの目には懐疑心といらだちが光っている。「女性にとって、これ以上のほめ言葉があるか？」

「そうね……」チェシーはこみあげる涙をまばたきで払った。「君を見ると我慢できないとか興味をそそられるとか、刺激的なパートナーだとか……そういうほうがもっといいほめ言葉なんじゃないかしら」

「僕の思っているのとは違う」

「一つきいていいかしら、ロッコ？　正直に答えてほしいの。あなたは私を見て、服を引き裂いてその場で奪いたいと思ったことはある？」

「どうしてそんな質問を？」

「すごく筋が通っている質問よ。答えて、ロッコ」その声はかすれていた。チェシーはロッコに近づいた。「あなたは私をセクシーだと思う？」

「妻と交わす会話だとはとても思えないな」ロッコのまなざしがふたたび冷ややかになり、チェシーはいらだちのあまり顔をそむけた。あまりにもみじめで、ただ身を投げ出してすすり泣きたくなった。

「もういいわ、ロッコ」喉がつまった。

「もっと早く話をすればよかった。二人が結婚にまったく違うことを期待していたのが、これではっきりしたわね。私は出ていくから、あなたは仕事に戻って。あなたが気にかけているのはそれだけですもの」

5

彼にとって、私はなんの意味もない存在だった。

チェシーはバッグに服をつめていた。あまりに泣いたせいで頭が痛くなり、顔は涙で汚れていた。

ロッコがセクシーな妻を欲しがらなかったのは好都合だわ。チェシーは自分に言い聞かせながらよろめくように立ちあがり、新たなティッシュを取りあげてはなをかんだ。というのも、今はこれ以上ないほどセクシーとはほど遠かったから。

なにより最悪なのは、そんなところさえ問題ではないことだ。もし私が石油タンカーのようなスタイルだったとしても同じだった。ロッコは私が息子を産むなら、そんなことは気にもしないに違いない。

抗《あらが》えないほど魅力的だとロッコに思われていると勘違いして、私はすっかり舞いあがってしまった。今はロッコが私の体を完璧《かんぺき》だと言ったのは、〝子供を産むには完璧だ〟という意味だとわかった。罪深いほどそそられる体というわけではなかったのだ。ロッコはどうしても子供が欲しかった。そしてどういうわけか、私は彼の目的を果たす役割を担うことになった。彼は私をみだらでセクシーな美女ではなく、妻や子供の母親としてしか見ていない。

衝動的にチェシーは荷造りをほうり出し、ゆったりしたドレスを脱ぎ捨てると、下着姿で鏡の前に立った。彼は私になにを見ているのだろうか？

豊かな胸と出産に向いた腰だ。

頬に流れる涙をぬぐうと、チェシーは横を向いて自分の体を見つめた。ロッコは子供の産める妻として私を選んだ。愛し、慈しみ、一緒に楽しみ、分かち合えるパートナーとしてではなく。

ロッコはシチリア人だ。私はそのことがちゃんとわかっていた。だからこそ、逃げ出したのではなかったかしら？　どうして忘れてしまったの？

チェシーはふたたび服を着てベッドに座りこみ、痛ましい真実と向き合った。ロッコは私を愛していないし、今後も愛することはない。

思いきりはなをかんだとき、ドアがばたんと開いたので顔を上げた。ロッコがずかずかと部屋に入ってきた。つややかな髪が幾筋かブロンズ色の額にかかり、目は激しい怒りの光を放っている。

「出ていって――」

チェシーはティッシュをくしゃくしゃにまるめると、赤くなった頬を隠すために顔をそむけた。泣いているところを見られて、彼を喜ばせたくはなかった。「言うことはなにもないわ」

「話をするために僕のオフィスに来たんだろう?」ロッコがドアを閉めると、巨大な寝室が閉所恐怖症を引き起こすほど狭くなった気がした。

「いいから、ほうっておいてちょうだい」チェシーはベッドに上がり、膝をかかえた。

「あなたなんて嫌いよ。シチリアに戻ってこなければよかった」

「いずれ君の居場所くらい突きとめたさ」ロッコが隣に座り、ベッドが動く。「この結婚がうまくいかないとしても、君は逃げてはいけない」

「あなたが原因を作らなければ、私だって逃げないわ」チェシーは顔を上げてロッコをにらみつけた。涙で汚れた顔など突然、どうでもよくなった。

「私が結婚式の夜、どうして出ていったか知りたい? あなたが父そっくりだとわかったからよ」

ロッコの瞳にあった怒りは、ゆっくりととまどいにとって代わられた。「フランチェスカ――」

「みんながあなたのことを話していたわ。知っていた?」チェシーはふたたびはなをかみ、てのひらで目をぬぐった。

「私はその場に立っていたわ——ばかみたいに真っ白なウエディングドレスを着て、世界一幸せだと思っていた。そのとき、みんなが話しているのを聞いたの。あそこにいたみんながよ」

「みんなって誰だ？」

「知っているはずよ。あなたはあの人たち全員と寝ていたんですもの」チェシーはそのときの会話を思い出して、両手に顔をうずめた。「みんなが私のことを話していた。あなたが私と結婚するのは、私がおとなしくて言いなりになるからだって。正確に思い出せるわ。〝現代に生きるまともな頭の女なら、どんなにお金があってゴージャスでも、ロッコのような男とは結婚しない〟だったわね」

「機会を与えられなかったから、嫉妬《しっと》していたんだよ」ロッコはさらりと言い、チェシーの顔から両手をはずさせた。「僕を見るんだ、チェシー」

「あの人たち、ローナが心配する必要はないとも言っていたわ。なぜなら私たちが結婚したあとも、あなたは彼女と会いつづけるだろうからって」

「君を傷つけようとしたんだよ」

「あの人たちは私がそこにいるって知らなかったのよ」チェシーはまるめたティッシュを捨てると、新たに箱から一枚引っぱり出した。「私はあなたをさがし出して、話し合おうと決心した」

ロッコが身をこわばらせ、チェシーの手を放した。「だったら、どうしてそうしなかった？」

「そうしたわよ！　あなたはテラスにいたわ。ローナと笑い合い、彼女にキスをしていた」

「彼女とは長い知り合いだったからね」

チェシーは両耳をふさいだ。「知りたくないわ。私の望みは、あなたが離婚に同意することだけ」

「君は常軌を逸している。ローナと僕は君が考えているような理由で一緒にいたわけではない。それにその女たちはみな、ただ意地悪なだけだ」

チェシーは両手を下ろしてロッコを見た。「私は同じことが母の身にも起きたのを見てきたのよ」

「お義母《かあ》さんに起きた、なにを見たというんだ？」

「父がゆっくりと母の心と魂を傷つけていったさまをよ。夫婦なのに、両親はなにも分かち合っていなかった。二人にはロマンチックなやりとりもなければ、気づかいもなかった。なに一つ」

「あの夜、君にシチリアから逃げるように勧めたのはお義母さんだったんだな？」

チェシーはうなずいた。ここで嘘《うそ》をついてもなにもならない。「母は勇気がなくて自分ができなかったことを私にしてほしいと――好きなように生きてほしいと望んだの。そして、父から離れて新たなスタートを切るために必要なお金をくれたわ」

「カルロは？　君が彼と寝ていないのはわかったが、君たちは親しかったのか？」

チェシーはためらった。

「彼は父の庭師だったの」とうとう正直に打ち明けた。

「彼のことはほとんど知らないわ。でも仕事をするためにローマに向かうというから、母がお金を渡して頼んだの。私をフェリー乗り場まで乗せていくようにと」

「彼はフェリー乗り場で君を降ろしたのか？　それだけ？」

「そうよ。埠頭《ふとう》に着いたら、彼は車で走り去った。そのあとは二度と会っていないわ」

長い沈黙の間、ロッコはその言葉についてじっくり考えた。それからさっと立ちあがり、部屋を歩きまわりはじめた。広い肩は緊張している。「僕は、君が彼とつき合っていると思っていた」

「いいえ、あの夜の前に口をきいたこともなかったわ」どうしてロッコはカルロと私の関係に執着するのだろうか？　チェシーは彼のこわばった後ろ姿を見ながら、おもしろくもなさそうに笑い声をもらした。ロッコは私を自分の所有物と見なしている。だから自分のものは誰にも渡したくないのだ。どうして私は、ロッコが心から好意を抱いてくれているなんて信じたのだろう？　彼は父と世代こそ違うかもしれないが、考え方についてはまったく変わらない。

「あなたの問題は、間違った時代に生きていることね。石器時代なら気分よく過ごせたでしょうに。昼間狩りをして武器の手入れをすませたあなたを、洞穴の火のそばで待っていた女の人が温かく迎えてくれるような生活ならね」

ロッコが振り返った。片方の眉が問いかけるように上がる。「そのどこが悪い？」

チェシーは信じられない思いでロッコを見つめた。「あなたは進化という言葉を聞いたことがないの？　人間は変わるものよ、ロッコ」

「だから君は、洞穴ではなく家に住んでいるんじゃないか」ロッコはその主張を証明するように片手を振りあげた。「君には美しい別荘がある」

彼は全然わかっていないわ。ふたたび涙がこぼれそうになり、チェシーは両手で顔をおおった。「いいから出ていって、ロッコ」ベッドがかすかに動き、彼がもう一度隣に座ったのがわかった。

「君が僕のことをどう思っているにしても、こんなふうに悲しんでいる君を見るのはいやだ」ロッコはささやいてチェシーの手を顔から引きはがし、無理やり視線を合わせようとした。

「大きな誤解があったのはわかった。それなら一緒に解決すればいい」

「私たちは性格も違うのよ」チェシーは喉をつまらせながら言ってティッシュをとり、思いきりはなをかんだ。「どうやって解決できるのかわからないわ」

「性格が違うのはいいことだ」ロッコは親指でチェシーの涙をぬぐった。彼の引き結ばれた口元に、かすかな笑みが浮かぶ。「同じだったら衝突してばかりだよ」

チェシーは鼻を鳴らした。「私たち、衝突しているじゃないの」

「いや、していないよ。ちょっと意見が食い違っただけだ」ロッコは無造作に手を振った。「君がどう思おうと、僕はこの結婚を成功させたい」

「絶対にうまくいかないわ」

「うまくいくさ」ロッコのかすれたセクシーな声に、チェシーの神経がうずいた。

「どうやって?」チェシーは用心深く尋ね、両手に持っていたティッシュを引き裂いた。「私はあなたのことがわからなくなったの。あなただって、私のことがわからなくなったでしょう。今後も子供を作るときだけ顔を合わせるのだとすると、なにも変わらないわ。子供というのは夫婦のすべてではなく、一部になるべきだわ。この結婚は私が期待していたものとは違うの。ロマンスもなければ、なにかを分かち合うこともないんだもの」

彼はベッド脇《わき》のテーブルに積んである本に目をやり、題名を読んだ。「ロマンチックな小説というのは、読者を夢の世界に運べるかどうかにかかっているんだろうな」

「夢の世界? どうしてすばらしい関係が夢でなければいけないの?」

「僕はただ、物語にだまされてはいけないと言っているだけだ。敬意と理解に基づく関係のほうが、肉体的な欲望に基づく関係よりもはるかにうまくいく。僕は体だけのつき合いを経験したが、どれも長続きしなかった」ロッコは請け合った。その言葉がチェシーを落胆させたことにもまったく気づかず。

どちらのほうがより落胆したかはわからない――過去の数多い女性関係を思い出させるロッコの無神経な発言なのか、それとも自分が欲望の対象として彼に見られていない事実なのか。チェシーはロッコに求められたかった。

「私たちは将来の夢も期待していることも違うわ」彼女はきっぱりと言った。

ロッコはチェシーの意見など問題にならないとばかりに、そっけなく肩をすくめた。

「だったら、理解し合えるよう努力すればいい。君が昔からのロマンチックななにかを望んでいるのははっきりしているし、それなら僕もかなえてやれる。だから、荷をほどくんだ」ロッコは腕時計を確認し、運動選手を思わせる流れるような動きで立ちあがった。

「仕事に戻るよ。東京から電話が入るはずなんだ」

「私たちは話し合っていると思ったけれど――」

「話はすんだだろう。なにがあったのかは理解した。君はすぐに子供が欲しいわけじゃない。気持ちはわかるよ。君はまだとても若いからね。だから待とう。そして僕はもっとロマンチックになる。君は少し休むといい。きっとひどく疲れているに違いない」

あれほど子供を作るための行為をしたせいでしょう。チェシーはそう思ったが、唇を噛《か》んでその言葉をのみこんだ。妻や母としての役割について、ロッコは凝り固まった考えを持っている。私の考えとは大きく違う考えを。私はロッコにセクシーと思われたいけれど、彼が妻に求めているのはそういうものではない。そのことを説明するには、どこから始めればいいのだろう?

チェシーは服をつめたバッグを見つめた。

少なくとも、ロッコはわざわざやってきて話をしてくれた。それってきっかけにならないかしら?

チェシーは疲れきって枕《まくら》に背をあずけた。派手でエキゾチックな花束が届けられたときも、まだそこに横たわっていた。

家政婦のマリアが大きな笑みを浮かべて、寝室に花を持ってきた。彼女の茶色の瞳には温かな称賛が浮かんでいる。「きれいですね」

チェシーは花をじっと見つめた。たしかにきれいだ。ロッコはオフィスに戻ってすぐ、この花を注文したのだろう。二人の関係に不安を抱いていたにもかかわらず、チェシーは心を打たれた。

「カードはある?」ロッコは愛情のある言葉を添えてくれたかしら? チェシーの心は期待に小さくはねあがった。けれども、マリアは首を横に振った。

「いいえ、ありません」家政婦は花を花瓶に活《い》け、テーブルの真ん中に置いた。「ここに置くと、きれいに見えますよ」

「そうね。本当にカードはないの？　なにか伝言はなかったかしら？」やさしい言葉はなにもなし？

「花自体が多くを語ってくれていますよ」マリアがうっとりと言った。

チェシーは落胆しないよう必死に努力した。

「あなたの言うとおりね」

三十分後、二つ目の花束が届き、そのあと日が暮れるまで一時間ごとに一つずつ増えていった。チェシーがテラスで一人きりの夕食をとるころには、香りのいい花で部屋じゅうがいっぱいになった。

「花粉症にならなくてよかったわ」ベッドにすべりこんだとき、チェシーは独り言をつぶやいた。

けれども、たしかにロッコは努力を示した。それは認めよう。たった一つでも思いやりのある言葉が添えてあったらよかったのにと思ったが、ロッコは心の内を表現するのが得意でないのだから、と自分を納得させた。花はきっかけだ。とにかく、彼は努力している。私も努力しているところをロッコに示そう。荷ほどきをして、彼に感謝の言葉を言うのだ。そして、今夜の愛の行為は子供を作ることを目的としないものにしなくては。

チェシーはベッドに横たわったまま、息を殺してロッコがドアを開け、寝室に入ってくるのを待った。

今夜は昨日までとはすべてが違う。きっと特別になるはずだ。

チェシーはベッドで寝返りを打った。欲望に目覚めたばかりの体は、甘い期待にうずいていた。

6

電話が鳴って、チェシーはとぎれとぎれの眠りから目覚めた。

「花はどうだった?」ロッコだった。彼の声はなめらかで、このうえなく自信たっぷりだ。ベッドをちらりと見ればわかる。チェシーは一人で夜を過ごしたのだ。彼はここに来なかった。

「ゆうべはどこにいたの?」チェシーは眠気を払うように目をこすった。「寝室に来なかったわね」

「君を眠らせてあげたかったんだ」

チェシーは失望の鈍いうずきを感じた。

「私……あなたが来ると思っていたのよ。きっとできるだろうと――」

そこで言葉を切った。どうやって夫にセックスを望んでいたと言えばいいか、まったくわからない。誘惑どころか、男性とふざけ合った経験さえないのだ。あなたが私に魅力を感じているか知りたいと伝えるには、どうすればいいのだろう? 「これまではずっと一緒に夜を過ごしていたのに」

「君は子供を望んでいないから、尊重しようと思ったんだ」ロッコが即座に答えを返す。

「結婚生活になじむ時間をあげるよ。もちろん君がその気になったら、すぐにベッドをともにしよう」

怒りのおかげで目が覚め、チェシーはベッドの上で体を起こした。「つまり、子供を作らない限りは、私と夜を過ごさないというの？」

「君がまだ子供は欲しくないと言ったから、僕は距離をおいたんだ。思慮深い行動じゃないか」

私に魅力を感じていないということだわ。もし男性が女の魅力に抗《あらが》えなくなったら、離れていられないはずでしょう？

チェシーは枕《まくら》にもたれかかった。気力がくじけ、言い争う気にもなれない。「お花はうれしかったわ」少なくとも、彼の努力は認めるべきだろう。「ありとあらゆる種類のお花が咲き乱れているみたい」

「よかった。アシスタントから君の好みの花を尋ねられたんだが、手がかりがなくてね。片っぱしから注文すればいいんじゃないかと彼女が考えたんだ」

チェシーは目を閉じた。ロッコは、自分が今言ったことさえわかっていないんじゃないかしら。彼のアシスタントの気づかいだったなんて。努力はロッコのものではなかった。

「どれもすばらしかったわ」

「今後の参考のために君の好みをきいたほうがいい、と彼女が言っている」

「ベラドンナよ」チェシーはため息とともにつぶやいた。「あなたの飲み物に毒を入れられるもの」

「はっきり言ってくれないか。よく聞こえない」

「薔薇《ばら》よ」チェシーははっきりと言った。もしかしたら、棘《とげ》で彼を刺せるかもしれない。

「彼女に伝えておくよ。僕だってロマンチックなことができると、君にもわかっただろう」ビジネスのときのような口調だった。

「僕自身が数日かかわらないといけない案件があって、昨日別荘を発《た》ったんだ。帰ったら会いに行くよ」

「わかったわ」チェシーはぼんやりと考えた。どうせ彼には会わないのだから、意味はない。

「君も買い物に出かけたいだろう。警備責任者のマックスに話せばいい。彼が手はずを整える。僕の金を自由に使ってくれ」

なにに使うの？　チェシーはそう尋ねたかったが、唇を噛《か》んだ。「ありがとう」

「帰ったら、もう一度話そう」

「そうね」

あなたのお金も使いたくないし、話もしたくないと叫びたかった。お互いの波長がまったく合わないのに、話などしてもしかたない。私は情熱が欲しいのだ！　ビジネスの約束どころか、自分の名前も忘れてしまうくらい私を求めてやまない男性との熱く激しいセックスが欲しい。

けれどもロッコは私を、熱く激しいセックスとは結びつけていない。私を恋人として見ていないし、ロマンスという言葉も知らない。

いったいどうしたらそれを変えられるだろう？「あなたはどこにいるの？」

「フィレンツェだ。二日ほどで帰れると思う」

フィレンツェ？　これまで読んだ本や熱心に学んだ芸術を思い出し、羨望《せんぼう》がこみあげる。

「うらやましいわ。私もフィレンツェを見てみたい」チェシーはかすれた声で言った。「いつまでいるの？」

「観光する時間がとれるほど長くはいない。次の機会まで待つよ。いずれ君も連れてきてあげよう。そうすれば買い物もできる」

フィレンツェに行ってショッピングに時間を費やしたいなんて、誰が思うかしら？　私は芸術作品や建築物を鑑賞したい。でもロッコには仕事があるのだから、彼に町を案内してもらうことは期待できない。少なくともロッコには努力していると自分に言い聞かせながら、チェシーは受話器を置いた。彼が戻ったとき、寝室での楽しみは子作りだけではないとなんとかしてわからせなければ。

突然空腹を感じたチェシーはベッドから飛び起き、シャワーを浴びた。服を着ると、涼しくて風通しのいい邸内を抜けて広いキッチンに入った。

キッチンには誰もいなかったが、半分ほど飲んだコーヒーカップがテーブルに置いてあり、隅にはテレビが無音のままつけてあった。

コーヒーポットに手を伸ばしたときだった。チェシーはテレビ画面にロッコが映ったのを見て凍りついた。明らかにフィレンツェのナイトクラブを出たところで、彼の腕にはセクシーでほっそりしたブロンド女性がしがみついている。彼女のスカートは極端に短く、かろうじてヒップをおおう程度だ。ローナではない。ロッコは新しい相手を見つけたのだ。

ニュース番組なので、昨夜撮られた映像だろう。ロッコが仕事でフィレンツェにいるはずのときに。

仕事？　チェシーはブロンド女性を見つめた。

手近な椅子にどさりと座り、なんとか息を落ち着けようとする。同じことの繰り返しだわ。私はロッコを信じ、彼なりに二人の結婚を気づかっていると思いこんでしまった。けれども花を贈ったのはアシスタントだったし、ロッコは一生懸命働いていたわけではなかった。彼はほかの女性と――このうえなくセクシーな女性とパーティに出かけ、妻である私は自宅で夫の帰りを待っている。

なんてばかだったのかしら？　いつからロッコがシチリア人だということを忘れてしまったのだろう？　子供を持つのは待とうと言われ、私は彼が時間をかけて二人の関係をよくしていくつもりだと思った。けれどそうではなく、ロッコが外で楽しんでいる間、私はただ与えられた役割を果たすだけ。私が子供を持つ気になったら、彼は戻ってきて男性としての役目を果たすのだろう。

チェシーはいらだちに歯ぎしりした。

彼が私を外に連れ出したことがあった？　私と一緒にいたいそぶりを見せた？　いいえ、楽しく過ごしたいと思ったら、彼はほかの女性を選ぶのだ。

またしてもロッコは私の父と同じことをしている。

父は母と結婚したあとの時間を、ほかの女性たちのベッドで過ごした。父にとって結婚とは外で自分の楽しみを追いつつ子供を社会に送り出す、立派な社会手段だった。まさにロッコも同じだ。

妻と愛人。この二つはまったく異なる役割を担っている。妻は家にいて、健康な子供を産むにふさわしい腰を持ち、育児にいそしむ。愛人の仕事は純粋な喜びのために絶え間なくベッドをともにしたり、そのほかの楽しみを追い求めたりすることだ。

もし彼の態度を変えさせることができたら……。

チェシーは自分を見おろし、ロッコの目にどう映るか考えた。体の線の出ない服にスカートセクシーな美女として見てもらえないのは、彼のせいばかりではないのかもしれない。セクシーに見られたいなら、そう見えるよう努力するのがいちばんなのでは？　だったら、ロッコがデート相手に選ぶような女性に似せることから始めよう。

チェシーはテレビに映っていた女性を思い浮かべた。ミニスカートにハイヒール、襟ぐりの深い服。髪はセクシーな感じに乱れていた。少なくとも、私は背の高さを恥じる必要はない。どんなに高いヒールの靴をはいても、すばらしい体格のロッコより背が高くなることはないからだ。

チェシーは立ちあがり、今来た道を引き返した。

「なにか問題でも、シニョーラ？」警備責任者のマックスが驚いてチェシーを見た。「ひどく顔色がお悪いですよ。水でもお持ちしましょうか？」

欲しいのは水ではなく新しい服だと言いそうになったとき、チェシーはすばやく考えをめぐらせた。「ロッコは私がフィレンツェに行く前に、あなたがショッピングの手はずを整えると言ったんだけど」

「あちらで落ち合うのですか、シニョーラ？」

「夜までに着きたいの」チェシーはにっこりした。「今夜は、彼のお気に入りのナイトクラブで会うことになっていて。たしか名前は……」とまどうふりをすると、すぐさまマックスが店の名前をあげた。「そうだったわ」チェシーの笑みが大きくなる。

「フィレンツェまで飛ぶ手配をしましょうか?」

「そうして、マックス」チェシーは感謝の笑みを向けた。「その前にものすごく高級なブティックに行かないと。ちょうどいい服がないんですもの」

「必要な手はずは整えます」

「それと……」チェシーは乾いた唇を湿らせ、自然に見えるよう心がけた。「いい美容師を知らない?」

「お任せください」マックスは迷うことなくうなずいた。「そちらの手はずも整えましょう」

彼はほかの女性のためにも同じような手はずを整えたことがあるのだろう。そのことを考えないようにしながら、チェシーはほほえんだ。「ありがとう」

「誰かに荷造りをさせますので、シニョーラ」

チェシーは〝ええ〟と言いそうになったところで、口を閉じた。ロッコが彼の莫大《ばくだい》な富を自由に使っていい、と言ったのを思い出したのだ。「荷造りはいいわ、マックス。新しいものを買うから」

ロッコはきっと私の好みが派手ではないと知っているから、あんなふうに言ったのだろう。

つまり、彼はショックを受けるということだ。

私だってこのうえなく刺激的な姿になれると示すだけでなく、一人の女がいろいろな役割を——妻と愛人の役割を果たせるのだと教えてあげなくちゃ。

「このスカート、短すぎるんじゃない?」四時間後、チェシーはあらゆる角度から自分の姿を眺めていた。恐ろしいほどに肌があらわで、恥ずかしさを感じる。

「あなたみたいな脚を持てるなら、人殺しだってする女性もいますよ、シニョーラ。どうして隠すんです?」

スタイリストがチェシーのあちこちを直しながら、目を細くして出来ばえを確かめた。

「こういうスカートをはける女性はそう多くはいませんわ。そのホルタートップも最高にお似合いです。すごく刺激的なうえに、スタイルをよく見せるようできていますから」

刺激的? 私は刺激的に見えるの? チェシーは左右に首を傾けて、胸の谷間を十二分に見せるように裁断された光る銀色の素材をじっくり見た。「こんな格好をしているところを父が見たら、きっとその場で卒倒していたわ」

「どんなお父さまでも卒倒しますよ」スタイリストはチェシーの細い手首にいくつかバングルをはめると、いたずらっぽく笑った。

「この衣装は父親のためではなく、セックスと誘惑を前提とした恋人たちのためにデザインされたものですから」

セックスと誘惑。それが私の欲しいものじゃなくって？　まさしくロッコのスリムなガールフレンドたちが着そうな服装だ。その事実を念頭において、チェシーは心にわだかまっていた疑問を口にした。

「太って見えないかしら？」

スタイリストは心底驚いたようだ。それからゆっくりとほほえんだ。

「みごとなスタイルでいらっしゃるとは思いますが、太っているというのはどうでしょう？　いいえ。お客さまは男性にとって重要なところすべてが曲線を描いているんです。ナイトクラブに足を踏み入れるときには、押し寄せてこない男性はいないと覚悟したほうがいいですよ」

チェシーはかすかに眉をひそめた。そんなことは望んでいない。ただロッコに気づいてほしいだけだ。

「あと、髪も切ってもらいたいんだけれど」

「切るなんてとんでもない」スタイリストがあわてた。「少しはさみを入れて整えるだけにしましょう。すばらしい長さですから。少しレイヤーを入れて、見た目をやわらかくする程度で大丈夫ですよ」

美容師に近づいたこともなかったので、チェシーは女性がなにを言っているのか見当もつかなかった。結局、スタイリストの手にすべてをゆだねることにして、人さし指と中指を交差させて幸運を祈った。美容師はトリートメントを施してチェシーの髪の状態を整えたあと、いくらか段を入れて髪をふんわりとさせた。顔の周囲から肩にかけて、魅惑的な流れができている。

チェシーはあまりの変貌《へんぼう》ぶりに驚いて、マニキュアをぬってメイクをしてもらう間も、鏡に映る自分をちらちら見ずにはいられなかった。ロッコの恋人たちも出かけるたびにこれほどの支度をしているとしたら、大事な約束や仕事のための時間がなくなってしまうんじゃないかしら。きれいになるというのは、本当に手間のかかる作業だわ。

チェシーは美容院を出ると、待っていたリムジンに乗りこんだ。だが車がフィレンツェに近づくにつれ、新たな自信がしぼんでいくのを感じた。

すべてはうまくいき、装いも変えた。けれども、それに見合ったふるまいを覚えなくてはならない。とはいえ、どうしたらいいかまったくわからない。チェシーはスカートの裾《すそ》を引っぱりつづけ、胸の谷間を見ては、あらわになりすぎていないか確認した。

しぼんでいく自信を取り戻すために、私はすてきに見えると自分に言い聞かせる。実のところ、妻がセクシーな美女になれると気づいたときのロッコの顔を見るのが待ちきれない。これまでの姿を考えると、今までロッコが私に母親の役割しかあてはめなかったのは私自身のせいなのだ。それ以外の姿が彼には思い浮かばなかったのだろう。

でも、それもこれから変わる。二人の関係もいいほうに変化するはずだ。

にもかかわらず、その夜ロッコが訪れるはずのナイトクラブの前で車がとまったとき、チェシーは緊張して吐き気がした。とんでもなく高いハイヒールで転んでむごい事態にならないようにと祈りながら、バッグに手を伸ばす。

「待たなくていいわ」車からおずおずと降りながら、運転手に告げる。

「しばらくここにいるつもりだから」

入口を守る男の前をよろめくように通り過ぎると、彼女は曲がりくねった大理石の階段を注意深く下りて暗いナイトクラブへと向かった。照明がぐるぐるまわり、音楽が鳴り響いている。熱狂的な雰囲気に気おされたチェシーはしばらく足をとめ、あたりを見まわした。薄暗い店内に目が慣れてくると、内部がかなり広いことに気づいた。中央のダンスフロアの周囲には椅子が置いてあり、ガラスとクロムでできたすばらしく洗練されたバーが見える。

チェシーはダンスフロアの人々のエネルギーに圧倒された。両腕を上げ、大胆に男性に腰をぶつけて踊る女性には、感銘と少しだけ羨望も覚えた。あんなふうに開放的にふるまえたらどんな感じだろう?

「一緒に踊らないか? 君みたいな美人が一人でいるなんて信じられないよ」ろれつのまわらない声がした。チェシーが振り返ると、背の高いハンサムなイタリア人男性がすぐ目の前にいた。

「あら、いいえ……私、一人で来たんじゃないの」彼の目が胸の谷間に釘《くぎ》づけになっているのに気づいて、チェシーは自分の体を隠したくなった。「連れがいるのよ」

「で、そいつは君をほうっているのか?」彼がさらに体を近づける。「やつはばかか?」

「私……彼は……」チェシーの目は群衆の方へと向けられた。ダンスフロアを悠然と歩くロッコの姿に気づいて、安堵《あんど》感が押し寄せる。だが彼の手がブロンド美人の手首をつかんでいるのを見て、安堵感は胸が悪くなるほどの失望に変わった。昨日ロッコと一緒にいた人かしら? チェシーは目を凝らした。服装は違うが、同じ人物だ。「彼がいたわ」

怒りがしぼんだ自信に火をつけた。チェシーはバッグをぎゅっと握りしめると、揺れる男女の間をぬうようにしてダンスフロアを進んでいき、とうとうロッコのもとにたどり着いた。

彼は近づくチェシーを見ていなかった。連れのブロンド女性の誘いかけるようなブルーの瞳を、ほほえみながら見おろしている。

チェシーは深く息を吸いこんでロッコの肩をたたいた。「ちょっといいかしら」騒々しい音楽の中で声はかろうじて聞こえるくらいだったが、ロッコは即座に振り向いて凍りついた。

「フランチェスカ?」音楽が鳴り響く中でも、ロッコの口調にショックと不信がにじんでいるのがわかった。「いったいここでなにをしている?」

驚きと称賛のまなざしを期待していたチェシーは、ロッコの目にまったく違うものを見て怖《お》じ気《け》づいた。「あなたに会いたかったの」

しばらくロッコはなにも答えなかった。彼の視線が美しくカットされた絹のようにつややかなチェシーの髪からむき出しの肩、あらわな胸の谷間を通って薄いストッキングに包まれた長い脚に下りていく。その表情も驚きから不信、やがて怒りのこもった不満へと変わった。視線が不安定なハイヒールにまで達したとき、ロッコはようやく口を開いた。

「いったい君は自分になにをしたんだ？」

予期していなかった言葉だった。「ドレスアップしたんだけど」

私の格好のどこがまずかったのかしら？　ロッコの背後にちらりと目をやると、彼の連れも似たような格好をしている。もっとも、見た目はまったく異なっていた。その女性は胸がなく、腰がほっそりしているからに違いない。チェシーは唇を噛んだ。着るものは変えられても、体の線までは変えられない。

「ロッコ――」連れの女性が憤然としたようすで、真っ赤なマニキュアを施した指を彼の腕にかけた。だが、ロッコは彼女の手をいらだたしげに振りほどいた。その目はなおもチェシーに据えられている。

「こんな場所は君にふさわしくない」

「どうして？」チェシーは挑むような視線を向けた。

ロッコは答えようとしたが、チェシーの肩越しになにかを見て危険なほど険しい顔になった。チェシーが不思議に思って振り返ると、先ほどの男性が背後にいた。彼はロッコを無視し、チェシーに思わせぶりなほほえみを向けた。

「ダンスはどう？　どうやら君の連れはほかで手いっぱいみたいだから、僕と楽しく過ごすほうがいいんじゃないかな」

彼女は拒絶しようとして思い直した。私はダンスフロアの真ん中で、私のことなど気にもとめていない男性のせいでばかなまねをしている。せめてほかの誰かと踊れば、威厳も保てるだろう。「そうね」

するとチェシーは力強い指に肩をつかまれ、ロッコの硬い筋肉質の胸に引き寄せられていた。

「彼女は踊らない」彼が氷のように冷たく言い放つ。「僕の連れなんでね」

ブロンド女性はチェシーをきっとにらんでダンスフロアから立ち去ったが、ロッコは目もくれなかった。彼はメイクを施したチェシーの美しい顔に視線を据えたまま、ジャケットを脱いだ。

「これを着るんだ。さあ」

「絶対にいやよ。今の格好には似合わないし、新しい服が隠れてしまうもの」チェシーがわずかに体を引いたので、ジャケットは床に落ちた。

「そうなるな」ロッコは歯ぎしりしながら言い、腰を折ってジャケットを拾いあげた。「僕は君の体を隠したいんだ。君は自分を見せびらかしている」

「あなたが一緒にいた女性はどうなの？　彼女は自分を見せびらかしていなかったの？」

「彼女は僕の妻ではない」

「思い出させてくれてありがとう」チェシーがそっけなく言うと、ロッコの目が怒りに燃えあがった。

「ここで話し合うつもりはない。出よう」

「出る？」チェシーはロッコから離れた。「私は行かないわ。来たばかりなんですもの。それに、あなたはまだ一度も私と踊っていないじゃないの」

「そんな格好の君と踊る気はない。動きまわらなくても、君は充分に人目を引いている」

「〝そんな格好〟ってどういう意味なの？　私はあなたのガールフレンドたちとそっくりな格好をしたのよ。ただ、自分ではどうしようもない部分は同じにならなかったけれど、ハイヒールのおかげで、チェシーはロッコとさほど変わらない目線で彼を見た。「どこがまずいのかわからないわ」

ロッコの顎が引きつり、目が危険な光を放った。「君のその姿が気に入らないんだ」

「私にはどうにもできないもの」チェシーは口ごもり、彼女をダンスに誘った男性に目をやった。「彼は私を見ても、不快に思わなかったみたいよ」

「時代遅れと呼びたければ呼べばいいさ。だが、妻がほかの男の欲望の対象になるのは我慢ならない」

「あなたは私など求めていないようなのに、どうしてそのことが問題になるのかわからないわ」

ロッコは何事か聞き取れない言葉をつぶやくと、チェシーの手首をつかんでダンスフロアから階段まで引きずっていった。

ハイヒールに慣れていないので足首をひねりそうになり、チェシーは体を支えるためにロッコの腕をつかんだ。「ゆっくり歩いてくれない？　こんな靴をはいていては速く歩けないわ」彼女はあえいだ。

ロッコは同情のかけらもない鋭いまなざしで、チェシーを見た。「もっとふさわしいものを身につけるべきだったんだ」

「すてきなハイヒール以外に、ナイトクラブにふさわしい靴があるというの？」

「もっとヒールの低いものをはくべきだった」

「どうして？　私はずっと〝ヒールの低いもの〟をはいてきたのよ、ロッコ。一度だけ違う視点から人生を見たかったの。なぜあなたが気にするのかわからないわ。あなたの背の高さは、ほかの欠点を補う数少ない長所なのに」チェシーはふたたびよろめいた。ロッコはいらだたしげなため息をついて彼女を抱きあげ、そのまま出口を抜けて舗道に出た。

二人の顔に向けてカメラのフラッシュがたかれる。ロッコは英語とイタリア語の両方で流暢《りゅうちょう》に悪態をつくと、舗道の反対側で待っていたリムジンをめざした。「今の写真が明日の新聞を飾ることになる。妻がナイトクラブから運び出されるところが」

ロッコは後部座席にチェシーをどさりと下ろしてドアをばたんと閉め、二人の姿を外にいる他人の目から隠した。

「彼らには、君がハイヒールで歩けないということまではわからない。酔っぱらっていたと考えるはずだ」

「どうして気にするの？　あなたは人にどう思われようが気にしなかったじゃないの」

「不名誉な写真は決して消えないものだ。母親がナイトクラブから運び出される写真なんて、息子には見せたくないからね」

「じゃあ、ほかの女性たちと写っている父親の写真を見たらどう思うかしら？　〝やったね、パパ！〟と思う？　それとも〝あんなろくでなしと一緒にいるなんて、ばかなママ〟と思うのかしら？」

ロッコははっと息をのんだ。彼のまなざしは冷たく不満げだった。「そういう下品な言葉は君にふさわしくない。似合わないよ」

「私になにが似合うか、どうしてあなたにわかるの？　あなたは私と子供を作るためのセックスをして去っていっただけでしょう」

長い沈黙は今にも爆発しそうで、チェシーは車内に緊張が広がったのを感じた。ロッコがチェシーをじっと見つめる。その目が胸の谷間に落ち、彼の息が速まった。ロッコは視線を引きはがして、ジャケットをチェシーの方に突き出した。

「これを着るんだ。今度は反論を許さない」

「どうして着なくてはならないの？　もうナイトクラブにいるわけじゃないのに」

嵐雲《あらし》が光をさえぎるように、ロッコの目が暗く陰った。「運転手やボディガードに間近で君の体を見られたくない」

視線をチェシーの長く細い脚にすべらせたあと、しばらく彼は話をするのもつらそうに見えた。それから歯をくいしばると、目をそむけた。「君は上品な既婚婦人には見えない」

「私は上品な既婚婦人に見えるのがいやだったの」チェシーは理性的で落ち着いた口調を保とうと努めた。「これまで一度もセクシーに見えたことがなかったから、そういうふうに見られたかったの」

ロッコは片手で顔をこすった。見るからに会話を続けるのがむずかしそうだ。「どうしてセクシーに見える必要がある？」

「そんなことをきくなんて、いったいどういうつもり？　あなたに魅力を感じてほしいからよ！　下着まで新しくしたのよ……ほら」チェシーは衝動的にスカートの裾を持ちあげ、ロッコの目に危険で暗いなにかが燃えあがるのを見て満足を覚えた。

「なんということだ《ディオ》、君は自分がなにをしているのかわかっているのか？」ロッコが身を乗り出してボタンを押し、運転席と後部座席を仕切った。

「あなたに新しい下着を見せているのよ」

ロッコが顔を上げ、チェシーと視線を合わせた。その目は熱く燃えている。「フランチェスカ――」

服装では効き目がなくても、下着ならなんとかなるかも。チェシーはそう思って勝負に出た。無意識のうちに官能的な動きでストレッチ素材のミニスカートを脱ぎ、黒のレースの下着とガーターベルトをあらわにする。

ロッコはあからさまなショックを顔に浮かべてチェシーを見つめた。力強い体が不自然なほどこわばる。

「フランチェスカ……だめだ」悪態をつき、乱暴に髪をかきあげた。「こんなまねはやめるんだ」

「やめるってなにを？」衝動のままふるまうのは生まれて初めてだった。チェシーは服も引きあげた。

その動作につられて、ロッコの視線がかろうじて薄い黒のブラジャーがおおっているだけのチェシーの豊かな胸に移った。彼はかすれた声でイタリア語をつぶやいてから英語に言い換えた。

「だめだ……」声にならず、咳《せき》払いをする。「僕にはとても……」ロッコは言葉を切ると、チェシーを膝の上に引っぱりあげた。

彼が決意と力をみなぎらせて唇を奪い、チェシーの中で興奮がはじけた。ロッコの両手が荒々しく髪に差し入れられ、キスを深めるために頭をきつく押さえるのが感じられる。やがてチェシーの世界はぐるぐるまわりだし、体がやるせなく脈打った。自分たちがどこにいるのかも誰なのかも忘れ、二人は歯を立て、あえぎ、お互いをむさぼった。ロッコの手が下に下りてチェシーのヒップを包みこむ。女性の熱い体を感じ取った彼は、いかにも男性らしい喜びのうめき声をもらした。

なすすべもなく、ただ無我夢中だった。ロッコはチェシーを満足のいく位置に動かすと、もっとも秘めやかな場所をさぐりあてた。チェシーは彼の巧みで執拗《しつよう》な指を感じて、気が変になりそうなほどのすばらしさに声をあげた。身もだえしながらロッコの手に自らを押しつける。激しいキスはなおも続いた。ただひたすら互いをあおるにつれ、ロッコの体はチェシーの下で高まっていった。

チェシーは車の中にいるのも忘れて、欲望を満たすことしか考えられなくなっていた。自分でも気づかなかった力に導かれてロッコに両手をすべらせると、一心不乱にファスナーをさぐりあて、やわらかな生地を押しあげる彼の体に触れた。

ロッコの唇に向かって名前をささやきながら、チェシーはとうとう彼を自由にした。それから腰を揺らすようにして、身を寄せる。

キスを中断することなくロッコがなめらかな動きで軽々とチェシーを持ちあげ、自分の上に引き寄せた。せわしなく動く腰を力強い手でしっかりと固定し、いっきに押し入る。チェシーの唇からは悲鳴が、彼の唇からは荒いうめき声がもれた。

舌と舌をからませ、チェシーは本能のままに動いた。熱に浮かされたように同じリズムを刻むうちに、ともに狂気の縁まで駆りたてられていく。二人は同時に頂点に達した。チェシーはきれぎれにロッコの名を呼び、脈打つ彼を締めつけた。

ロッコはチェシーを放さなかった。両手は彼女の腰を押さえ、唇は重なったままだ。やがて、激しい震えがとうとうやんだ。

「ロッコ――」チェシーの声は感きわまって震えていた。

彼はしばらく目を閉じたまま応《こた》えず、黒く濃いまつげがブロンズ色の肌に影を落としていた。「僕は乱暴だった」声は低く、ひどく男性的だった。「痛くなかったかい?」

チェシーは胃が引きつるのを感じた。「いいえ。信じられないくらいすてきだったわ」

ロッコが一瞬目を閉じた。「ディオ、こんなまねをしたなんて信じられないよ」

「どこが悪いの?」

「自分の車の後部座席でセックスをしたんだぞ」その言葉の意味に気づいたかのように、

ロッコはチェシーから体を離し、彼女を座席に座らせた。さっと身だしなみを整え、目に暗い表情をたたえてチェシーを見つめる。「服を着なさい」

「私たちは結婚しているのよ、ロッコ。いったいどこが悪いの？」

「服を着るんだ！」

なぜ彼はこんなに怒っているのかしら？ ロッコは私を拒絶できなかった。すばらしいことじゃない？ 二人の結婚に望みがあり、彼が私をセクシーだと思ったということなのだから。この結婚は子供を作るためだけのものではなかったのだ。

「女性関係でとんでもない悪名を轟《とどろ》かせているくせに、信じられないほどつつしみ深いのね」

チェシーは混乱し、なおも激しい愛の行為から立ち直れずにいた。身をよじってスカートをはき、服を身につけると首を振って髪を自由にした。「私、どう見える？」

「このうえなく欲望をそそる恋人のようだ」

チェシーはにっこりして、礼を言いそうになった。だが、ロッコの目には煮えたぎるような怒りが浮かんでいる。明らかにほめ言葉ではない。

「あなたは自分を抑えられなかったわ」チェシーは震える声で指摘し、顔から髪を払いのけた。「だから、私の格好が気に入らないなんて言わないで」

彼は深く息を吸った。「気に入らないよ」

喜びと熱い思いは消え、苦痛がチェシーのもろい自尊心を粉々にした。「あなたは偽善者よ、ロッコ。一緒に踊っていた女性を忘れたの？　私は彼女の服装を参考にさせてもらったのよ」

ロッコが顔をそむけた。「君は今夜、初めて彼女に会ったんだろう。そんなことはありえない」

「ゆうべのニュースで、あなたたち二人を見たの。ミニスカートに襟ぐりの深い服。私、あなたがそういう格好の女性が好きなんだと思った。彼女と一緒にいるあなたって楽しそうだったもの」

ハンサムな顔がこわばった。ロッコは振り返ってチェシーを見た。「ニュースに映像が流れたのか？」

「シチリアにもテレビがあるのを忘れた？　イタリア本土にいれば、あなたのささやかな秘密が守られると思っていたの？　腕をまわしていたようすから判断すると、あなたは彼女の格好について、とくに文句があったわけではなかったみたいね」

「彼女は僕の妻ではない」

「教えてくれてありがとう」声に痛みがにじみ出る。変身に成功した喜びは、もはや消えていた。チェシーはロッコが膝にほうったジャケットに袖《そで》を通すと、座席にもたれた。体は震えていた。

ロッコが眉をひそめる。「寒いのかい？」

チェシーはしばらくなにも答えなかった。それから、ロッコを見つめた。「いいえ、ロッコ。寒くないわ。私は屈辱を感じているの。自分の夫がセクシーな女の子と踊っているのに、競うことも許されない気持ちがどんなかわかるかしら?」

「そんな必要もないだろう。君は僕の指輪をはめているんだから」ロッコはチェシーの言葉を退けるように、いらだたしげに手を振った。

気持ちが高ぶるあまり、チェシーは息がつまりそうになった。「今は指輪をはめていないほうがよかったと思っているわ。選ばせてもらえるなら、妻よりも愛人でいたいもの。いくら美しくても、地中海の孤島に取り残されるなんていやよ。私はあそこを出て人生を謳歌《おうか》したいの。愛人なら、妻よりもずっとわくわくするような時が過ごせるでしょうから」

「君の話はばかげている」

「そうかしら? 私の立場になって考えてみて。あなたの愛人はナイトクラブで踊り、自分の好きな服が着られるのよ」チェシーはジャケットを体にきつく巻きつけた。「あなたと一緒に出かけたり、昼間もあなたのそばにいたり」

「僕には愛人などいない。結婚してから僕が寝た女は君一人だけだ。だが、僕には広い交友関係がある。その多くはずっと昔からの知り合いだ。そしてたまたま同じとき同じ町にいれば……ああそうだ、一緒に出かける。いわゆる社交だよ」

「ごめんなさいね、経験したことがないから、それが社交だなんて気づかなかったの。私にわかるのは、とても楽しそうだということだけよ！」

長い間、ロッコはチェシーを見つめていた。「君にも楽しみはあるさ。金の問題だろう？　具体的な話はしていなかったが、僕は君の使う分を制限したりしない。妻として好きなだけ自由に使えばいい」

「いったいなんのために？」チェシーはついにその質問を投げかけた。

「あなたは私を離れ小島に閉じこめたのよ、ロッコ。お店なんてどこにもないじゃないの。それにもし、どうにかしてなにかを買ったとしても、どこに着ていくの？　あなたは私をどこにも連れていってくれないのに。お金の問題じゃないのよ、ロッコ。私が望む生き方の問題なの。世捨て人みたいな暮らしなんてごめんだわ。あなたは私が外出するのを許さないし、離婚も許さない。でも、私にだって自分の時間の過ごし方について口を出す権利はあるわ。それって、そんなに理不尽なことかしら？」

「ナイトクラブに入りびたりの人生を送りたいというのか？　君が過ごしたいのはそこなのか？」ロッコが初めてチェシーに気づいたような目を向けたので、彼女はいらだって歯をくいしばった。

「知るわけないでしょう。今まで一度も行ったことがなかったんですもの。私が言おうとしているのは、自分の人生をさがしたいということなの。これまで許されなかったことを

――ほかの人たちが当然していることをしてみたいだけよ」

チェシーは座席にぐったりともたれた。ロッコに理解してもらおうと思っても無駄だ。彼は私の父にそっくりなのだから。二人とも、妻の居場所は子供たちを育てる家にあると信じている。

「あなたの言う結婚は、牢獄《ろうごく》と同じだわ。あなたは私を閉じこめたあげく、鍵《かぎ》を取りあげたのよ」

「妻をナイトクラブに連れていくのを拒否すると、突然看守扱いされるのか?」

「私はただ、どう感じているかを言っただけ」チェシーは最大級の努力をして言葉を絞り出した。怒りのあまり、車がとまったことにも気づかなかった。ドアが開いて、ロッコにそっと腕をたたかれる。

「着いたよ」

すっかり打ちひしがれたチェシーは、まわりのようすを見る気にもなれず、ロッコのあとについて建物の中に入った。そしていくつか階段をのぼり、宮殿のような続き部屋になった寝室に足を踏み入れた。

室内の美しさにも気づかないまま、ベッドの端に腰かける。「あなたはこれから、ほかの女性のところに戻るんでしょう?」

腹立たしげな一瞥《いちべつ》を投げかけ、ロッコはドアを閉めた。「ばかげたことを言うのはやめろ」
「どうして？　あなたはとても精力的な人ですもの。どこかで発散させるつもりなのね」
「結婚してから僕がセックスしたのは、君だけだ」
彼の言葉を心から信じたい。「彼女とは一度もベッドをともにしたことがないという
の？」
ロッコは大股に窓に近づき、チェシーに背を向けた。「いや、そんなことは言っていな
い」首の後ろを手でこすり、チェシーに向き直った。「だが、それはずいぶん昔の話だ。
君に会う前だよ」
「つまり、あなたは彼女と関係を持ったのね？」
ロッコはためらい、小声でなにかつぶやいた。「君に嘘《うそ》をつく気はない。彼女とは古い
友達だ。たしかに関係はあったが、大昔の話だよ。なぜこんな会話をしているんだ？　僕
は不義を働いたことなどないぞ」
「でも、彼女を魅力的だと思うんでしょう？」
「いったいその質問はなんだ？」
「ごく自然な質問でしょう。私があなたの妻で、あなたが私に魅力を感じていないのだと
すると」
ロッコは鋭く息を吸い、荒々しく髪をかきあげた。「妻と交わすような会話じゃない」

「どうして? 私はほんの二週間前までバージンだったのよ。ただ、どんどん学習しているだけ。あなたは彼女をナイトクラブに連れていった。そのあとはどうしたの? 彼女を家まで送っていった?」

「いや、誰かが彼女を家まで送っていった。彼女の住まいはこっちではないからだ。どうして君が彼女にこだわるのか、わけがわからないよ。彼女との関係など過去のことだ。ほとんどの人間には過去があるものなんだよ、チェシー」

「私に過去はないわ。だから、つつしみのある将来なんて送れそうにないわね」チェシーは体を曲げて、痛む足を靴から解放した。

「こんな会話はまったくもってばかげている」ロッコはかぶりを振ると寝室の反対側に向かい、キャビネットを開けて酒をなみなみとついだ。「君は僕の妻なんだよ、チェシー。それ以上になにを望む?」

「たしかに、それで充分よね」欲望を抑えられないほど魅力的だと、あなたに思われたいの。

チェシーは自己嫌悪の言葉をつぶやき、バスルームに通じると思われるドアに駆けこんだ。泣いたあとで顔に冷たい水をたっぷりかけて、ようやくバスルームから出たとき、部屋はもぬけの殻だった。

ロッコは屋敷《パラッツォ》の屋上のテラスに座り、暗闇《くらやみ》を見つめていた。手にはグラスを持ち、張りつめた神経をなだめていた。数時間前の行動をじっくり考え、自分らしくないふるまいに対してもっともらしい理由をさがす。

僕は燃えあがる欲望の中、チェシーを奪った。まわりのことも考えずに、我を忘れてしまった。

いったいなにを考えていたんだ？

セックスがしたかったのだ。ロッコは暗澹《あんたん》たる思いで認め、グラスを口に運ぶと大きく一口飲んだ。そのことしか頭になかった。限界まで追いつめられて、チェシーと奔放に荒々しく体を重ねてしまった。

唯一の問題は、相手が妻だったことだ。自分の妻に対して、欲望など抱くつもりはなかった。

そんなものなど感じたくなかった。

ほかの人間ならともかく、ロッコは激しい情熱がどれほど危険なものかよく知っていた。だからこそ、今までずっと避けてきた。

いったいどこで間違ったのだろう？　なにもかも極めて慎重に計画したのに、突然手に負えなくなってしまった。今チェシーが階下《した》で泣いていることがわかっていても、ロッコは相変わらず混乱していた。

きまり悪さを感じながら首の後ろを手でこすり、あえて事実に向き合おうとした。さっきは妻を欲望のはけ口として乱暴に扱ったも同じだ。あの状況ではチェシーがひどくつらい思いをしたとしても、彼女のせいにはできない。

僕はチェシーを息子の母親となる女性としてではなく、男を荒々しい欲望に駆りたてる奔放でセクシーな女として扱ってしまった。

いや、先ほどは彼女が悪い。チェシーがあんな挑発的な格好をしたからだ。どんな男も、僕と同じ反応をしただろう。だが、そんな理屈は気休めにもならなかった。あんな格好のチェシーをほかの男が見ると考えただけで、汗が噴き出してくる。

二度と許さない。ロッコは酒を飲みほして誓った。二度とさっきみたいな服に身を包んだチェシーを外に出してはならない。二人きりのときだって、あんな格好はしてほしくない。

二人の関係を以前の状態に――チェシーが服を脱いで黒のレースの下着姿になる前の状態に戻したい。

思ったとおり、先ほどの記憶にすぐさま体が反応した。ロッコは歯噛みしながら、あか抜けないぶかぶかの黒い服を着たチェシーを思い描こうとした。

チェシーは新しい服を欲しがっている。それは問題ない。今になって思えば、夢中になれそうなものもないのにチェシーを別荘に残してきた自分が、いささか怠慢だったのだろう。どう考えても、彼女は退屈だったのだ。だったら、買い物に連れていってやろう。だが新しい服を選ぶ際には、ちゃんとチェックするつもりだ。

挑発的でないものにしなければ。

あのすばらしい体を隅々までおおうこと。

問題が解決し、ロッコは空になったグラスをテーブルに置いて立ちあがった。欲望を抑えられない今の状態で彼女と同じベッドで眠れるとは思えず、フィレンツェの通りを少し散歩しようと考えた。

明日はショッピングに行こう。そうすれば頭にこびりついた光景を消し去り、もっとふさわしい心休まる格好をした妻の姿に置き換えることができる。

7

早朝目覚めたとき、チェシーは一人だった。理屈を並べて事実に向き合おうとしても、失望が渦巻く。昨夜車の中で熱いひとときを過ごしたにもかかわらず、ロッコが私に魅力を感じていないのは明らかだ。結局のところ彼の気を引くために、ストリップまでしなければならなかった。それなら、なぜ彼がわざわざ私のいるベッドに来るだろう？ 愛してほしいとまで望んでいるわけではないのに、私をすてきだと思ってほしいだけなのに。こんな状況で、どうやって結婚生活を続けていけるだろう？ 二人の望みはまったく異なっているし、ロッコの私に対する見方は変わらない。

彼が次にとる行動とは、私を人里離れたシチリアの別荘に閉じこめることに違いない。でも、おとなしくしているつもりはないんだから。

いつもの地味なパンツと服に着替えると、チェシーは顎を上げてロッコの警備責任者をさがした。

今、私はフィレンツェにいる。だから、その機会をできるだけ利用しよう。結婚が災難だったからといって、今の状況を楽しめないわけではない。

チェシーは玄関ホールの両開きの扉を開けて中庭に出ると、アーチや柱の美しさに見とれながら外を歩いた。平和なオアシスのような庭は、高い塀によってフィレンツェの喧噪《けんそう》からさえぎられている。中庭の中央には凝った噴水があり、絶え間なく噴き出す水が涼しげだった。庭の四隅に置かれているのは大きな赤いテラコッタの壺《つぼ》。そこには美しい形に切りそろえられたオレンジの木が植えられ、重そうな実が熟している。まぶしい太陽の光をやわらげるように、クリームみたいな白い塀が日陰を作っていた。チェシーは突然心を決めた。午前中を静かに過ごすには、ここはうってつけの場所だ。観光はあとまわしにすればいい。

チェシーはいつも持ち歩いている小さなスケッチブックと鉛筆をバッグから取り出すと、絵を描《か》きはじめた。力強い筆致で紙の上に中庭を正確に再現していくうち、時間がたつのも忘れる。もし力強い足音が聞こえなかったら、そのまま一日じゅう絵を描いていたかもしれない。

「ここでなにをしている?」ロッコの声はいらだち、表情は陰鬱《いんうつ》だった。「どれだけ厄介事を引き起こせば気がすむんだ?」

「厄介事?」ロッコを見たショックから、チェシーは鉛筆を落とした。それを拾おうと身をかがめたとき、顔が火のように熱くなった。「中庭に座っていただけで、どうして厄介事になるの？」

「誰も君が中庭にいたとは知らなかったからだろうな」ロッコが歯ぎしりした。「屋敷《パラッツォ》の全員が君をさがしていたんだぞ」

「まあ、そんな」チェシーは申し訳なさそうにほほえんだ。「誰も庭を見なかったの？」

「明らかにそのようだ」ロッコは鋭く息を吸うと、ポケットから携帯電話を取り出した。早口のイタリア語で話したあと、彼は電話をポケットに戻した。「君は僕たちを恐怖に陥れたんだよ、大切な人《テソロ》」

「どうして？」

「君がどこにいるかわからなかったからだ」

チェシーはスケッチブックを閉じた。「遠い島に閉じこめるだけでは飽きたらず、つねに居場所を知らないと気がすまないの？　私に監視用の発信器でもつけるべきじゃないかしら。それとも長い引き綱か。あなたって、ずいぶんと独占欲が強いのね」

ロッコが鋭く息を吸いこんだ。「過保護なだけだ。独占欲が強いんじゃない。閉じこめるとか監視するとかではなく、君の安全を気づかっているんだ」

「どういうこと？」

「僕にはっきり言わせるつもりか？」ロッコの目が険しくなった。「僕には金がある。当然、君は僕に害を与えたいと思う人間の標的になるだろう」

「私はただ、庭の景色を楽しんでいただけなのよ」

「午前中ずっと？」ロッコが疑い深げな目を向ける。「そんなに長い間、ここでなにをしていたんだ？」

「なにも」チェシーはこっそり背後にスケッチブックを隠そうとしたが、ロッコが手を伸ばした。

「見せるんだ」

「見せるべきものはなにもないわ」

「だったら、僕に見せてもかまわないじゃないか」

ロッコに反論などしても無駄だ。チェシーはあきらめて、しぶしぶスケッチブックを差し出した。「ここはすてきなホテルね。驚くほど静かだし。今日は一人もほかの滞在客がいないようだけど」

「滞在客などいない。ここはホテルじゃないから。僕の持ち家だよ」スケッチブックをゆっくりとめくっていきながら、ロッコは考え深げに尋ねた。「絵を描いてどのくらいになる、チェシー？」

「嘘《うそ》をついてもしかたない。「物心ついてからずっとよ。才能がないのは、言われなくてもわかっていますから」チェシーは日陰を求めて乾いた土をさっと横切る小さなとかげを見つめた。私もあんなふうに隠れてしまいたい。もっとも私の場合は太陽からではなく、ロッコから逃れるためだけれど。「楽しいから描くの。逃避するためにね」

ロッコはチェシーをしばらく見つめた。それから、スケッチブックを返した。「君にはすぐれた才能があると思う」彼はいつものきっぱりした口調で言った。「誰が才能がないなんて言ったんだ？　君が太っていて魅力的じゃないと言ったのと同一人物だな？　君のお父さんだろう？」

「どうでもいいことよ」どうしてロッコはこんなにやさしいのかしら？　昨夜のことをつぐなおうとしているの？　「絵はずっと続けてきたことなの。別になんの意味も――」

「これが君の望んでいる仕事かい？　絵を描きたいのかい？」

「どうしてそんなふうに思うの？」

「ほかのことにはあれほど鈍感な僕なのに、という意味かな？」口調は皮肉っぽいが、彼の目にはユーモアが浮かんでいる。「僕は人の才能を見つけ出すのがうまいんだ。事業を成功させたのも才能を見いだし、育てる能力によるところが大きい――とくに自分の持っていない才能をね。質問に答えてくれ。君の望みはプロとして絵を描くことか？」

「わからないわ」チェシーは気恥ずかしくなって肩をすくめ、またとかげを見つめた。「技術があるわけじゃないし。正式に習ったこともないもの」

「君は大学に行って美術を学ぶべきだった」

「その機会を与えられなかったんですもの」チェシーは立ちあがり、ロッコを見つめた。

シャワーでも浴びたのか彼の髪は濡《ぬ》れていて、髭《ひげ》は剃《そ》ったばかりのようだ。いいにおいもする。昨日の熱いひとときを思い出して、チェシーの手足から力が抜けた。子供を作ろうと提案するべきかしら？　そうすれば、彼は私のベッドに戻ってくる。

「今、ここはあなたのうちだと言ったわね？　実際にここに住んでいるの？」

「そのほうが都合がいいときにはね」ロッコは陰鬱な思いにふけるようにチェシーを見つめた。「家はいくつかあるんだ。君は知っていると思っていた」

「フィレンツェにあるとは思わなかったわ」チェシーは周囲を見まわした。「ここは本当にすばらしいわね。宮殿みたい」

「もともとは十六世紀に建てられたパラッツォだったんだ。十年前に僕が買ったときは、見捨てられていて崩れた廃墟《はいきょ》同然だったが。それ以来、人を雇って改修させている。ずいぶんよくなってきた」

「すてきだわ」チェシーはため息をつき、上を見あげた。「地所のまわりを見てきてもいい？」

「二人で出かけるから、帰ったあとにすればいい」

「出かける？」チェシーはロッコに目を戻した。「どこへ？　今日はお仕事をしなくていいの？」

「君は絵を描くのに夢中になっていたせいで、もう昼を過ぎていることにも気づかなかったようだな。僕はゆうべから今日の午前中までずっと働いていた。妻が自分をないがしろにすると文句を言うから、今からそれを改めるつもりだ」

「まあ。私はてっきり、あなたにシチリアに帰されるものだと」ロッコの目に浮かんだからかうような光を見て、チェシーはかすかに顔を赤らめた。「それでどこへ行くの？」

「買い物だ。新しい服が必要なら、僕が買ってあげよう。だがなにが似合ってなにが似合わないかは、僕が決める。公の場に下着のような格好で出られては困るから」

「本当は服なんていらないの。ドレスアップが必要な場所には出かけたくないし」チェシーはカットしたばかりの美しく流れる髪に指を走らせた。

ロッコがじっと見つめる。「美容師は実にいい仕事をしたな。君はこれから新しい装いが必要な場所に行く。ランチに連れていくよ」

「どうして？」

ロッコは一瞬眉をひそめた。それから肩をすくめる。「いけないのか？」

「私の役目は息子を作るまで家に閉じこめられることだと思っていたから」

「いい気になるなよ、テソロ」ロッコは警告したが、チェシーの手をしっかりつかんだとき、その目は楽しげな表情を浮かべていた。「今日は一緒に出かけよう。いくつか君にききたいことがあるんだ。たぶん、もっと前にきくべきだったんだろうが」

ロッコはパラッツォの中に戻り、通りに出るドアに向かった。チェシーは彼に追いつこうと必死になった。昨夜のハイヒールより楽な靴をはいていたことにほっとしていた。

ロッコはチェシーを、静かな裏通りにある観光客が来ない小さなブティックに連れていった。背の高い植物と磨かれた白い大理石が目を引く、落ち着いた上品な店だ。

チェシーはひどく緊張しながらラックの服をくまなくさぐった。「どれも値札がついていないわ」

ロッコがかすかな笑みを向けた。「もし値段を見る必要があるなら、ここで買い物はできないということさ。だが、幸運にも君には買える、僕の天使《アンジェロ・ミオ》。好きなものを選ぶといい」

「あなたの好きなものという意味でしょう」チェシーのつぶやきに、彼の笑みが大きくなった。

「たしかにそのとおりだな」ロッコは悪びれることもなく言った。「どこかまずかったかい？」

チェシーはロッコをにらみつけたが、小さくかぶりを振った。だけど彼は新しい服が必要だといって、私を連れ出してくれた。進歩だ。「私をどこに連れていくつもり？」

「言っただろう。ランチだよ」

「特別なところ？」

ロッコがおもしろがるようにほほえむ。「もちろん」

「だったら、夏らしくておしゃれなものが必要ね」たちまちチェシーの目は、鮮やかな赤に白の水玉模様のサマードレスに釘《くぎ》づけになった。「すてきだわ。これならあなたから見ても控えめでしょう?」そんな皮肉も、ロッコには効き目がなかった。

「試着してごらん。そうしたらすぐに答えてあげるから」彼はラックからサマードレスを取りあげると、そばにいた店員に手渡した。

五分後、チェシーは大きな鏡の前で自分の姿を見つめ、うっとりしないように努力していた。すばらしいドレスだ。ゴージャスだし、丈は膝下まであるし、襟ぐりは修道女でさえ満足するほど控えめだ。

「もういいかな?」ロッコの声が試着室の外から聞こえた。チェシーはドアを開けて彼の前に立った。

「どう?」

しばらくロッコは無言だった。唇が引き結ばれる。「そんな格好では店から出せない」

そんな格好? チェシーは混乱し、鏡の中の自分を見つめた。サマードレスは背中が開いている? 生地が透けている? 答えはどちらもノーだ。「わけがわからないわ。どこがまずいというの?」

「体の線がどこもかしこもあらわになっている」

「ロッコ」チェシーは最大限の努力をして落ち着いた声を保った。「色を除けば、この服は修道院にいても場違いに見えないわ」

ロッコのハンサムな顔は笑っていなかった。彼は店員を振り返って、正確な望みを短く伝えた。襟は大きく開いておらず、丈は短くなく、体の線があらわにならないものを、と。

店員の女性は急いで引き返すと、ドレスを腕いっぱいにかかえて戻ってきた。チェシーは試着を繰り返したものの、ロッコはどれもふさわしくないと言って拒絶した。十一着目に彼が首を横に振ったとき、チェシーは怒りを爆発させた。「ロッコ、こんなのばかげているわ。私はなにかを着なければならないのよ。もしあなたがなにも買わせないつもりだとしたら、どうして私をここに連れてきたの？　このお店を選んだのは、あなたなのよ」

ロッコは大きくため息をつくと、髪をかきあげた。「いいと思ったんだが、だめなんだ。どれも体の線があらわになっている」

「あらわ？」チェシーはロッコが拒絶したパンツを取りあげ、彼の鼻先に突きつけた。「これはどうなの？　これならあらわだなんて言えないわ」

ロッコの肩がこわばった。「脚にぴったり張りついていたじゃないか」

「張りついてなんかいないわ。体に合っているだけよ。デザインはすばらしいし、つつしみ深いわ」

「男はみんな、君のヒップに釘づけになる」

チェシーは抗議しようとして口を開け、ふたたび閉じた。突然、脈が速まる。「その理由は、私が子供を産むのにふさわしい腰をしているから？」

「いや」ロッコはおもしろくもなさそうに笑った。「君が悪い男の夢から出てきたようなヒップの持ち主だからだ」

チェシーの胸が小さくはずんだ。「あなたは私のヒップが気に入っているということ？」

ロッコの体がさらに緊張する。「僕が君のヒップを気に入っているかどうかは、ここでは関係ないだろう。問題は、その格好で君を外に出してもいいかどうかだ」彼はますますぴりぴりしたが、チェシーは急に気分がよくなった。

「それは嫌悪感を抱いているからではなく、ほかの男性が私のヒップに見とれるのがいやだからなんじゃない？」チェシーは店員にそのパンツを手渡した。「あなたは嫉妬《しっと》しているんでしょう？」

「僕は嫉妬なんかしていない」ロッコは息をついた。「なぜ店員に手渡した？　買わないのに」

チェシーはいかにも女性らしい笑みを向け、ロッコのまなざしが険悪になるのを見て満足を覚えた。「気にしないで、ロッコ」さらに二着のドレスとレースのトップス、それからジャケット二着を店員に手渡す。「子供を産む機械以外のものとして妻を見ることに、あなたはまだ慣れていないんだわ。私をセクシーだと思っているんでしょう？　思いたくなくても、あなたはそう思っているのよ」

ロッコが鋭く息を吸う。「フランチェスカ――」

「認めて、ロッコ」チェシーは彼にだけ聞こえるように声を落とした。「ゆうべ車の中で――」

「ゆうべのことは話したくない」

「私は話したいわ。あなたは私を求めた――とても激しくね。子供を作るためではなく、我を忘れるほど情熱的なセックスを望んだ。あなたがずっとそっけなかったから、私、自分が魅力的じゃないんだと思っていたの。でも、そうじゃないと思いはじめたわ。あなたは居心地悪く感じているのね。妻である私をセクシーだと思ってはいけない、というゆがんだ考えを抱いているから」

ロッコが凍りついた。「こんな会話をしているなんて信じられない。ここは婦人服店なんだぞ」

「ブティックでしょう」チェシーは甘い口調で言い、爪先立ってロッコの頬にキスをした。頭がくらくらするほど幸せな気分だ。「そんな怖い顔をしないで。私はあなたにセクシーだと思われるのが好きよ。望んでいたことだもの。あなたが車の中でしたように、私をめちゃめちゃにしてほしいわ」

ロッコの肩がこわばった。「僕は君を傷つけたんだよ。君はゆうべ、部屋で泣いていただろう」

「それはあなたが私を置き去りにしたからよ。傷つけてはいないわ、ロッコ。私、ゆうべのことがとても気に入ったのに」

ロッコの顎に力がこもる。「二度とあんなことにはならない。あんなふうには」

「いいえ、そうなるわ、ロッコ。次はランジェリーのお店に連れていってもらうわよ」

「ランジェリー？」彼が喉をつまらせたようにその言葉を言ったので、チェシーの笑みは広がった。

「そうよ。セクシーであればあるほどいいわね。悪い男が夢に見るようなものにするわ。私が妻であることも車の中にいることも完璧《かんぺき》に忘れさせた、ゆうべのような誘惑のためのランジェリーに」

ロッコのブロンズ色の頬がいくらか色を失った。「君は誰を誘惑するつもりなんだ？」

「あなたに決まってるでしょう」チェシーは誰にも聞かれないようにそっとささやいた。

「私たちは結婚しているのよ、ロッコ。誘惑だってするべきだわ。子供を作るんじゃなくて、愛を交わしましょう」

「フランチェスカ――」ロッコはシャツの襟に指を差し入れ、小さく悪態をついた。「チェシー――」

ロッコが初めて言葉を失ったように見えることに気をよくして、チェシーはふたたび背伸びして彼の耳にささやいた。「お財布を渡してくれるの？　それとも、あなたの体をさぐってほしい？」

ロッコはクレジットカードを喜色満面の店員に手渡すと、むっとしたようすで小さく不平をもらした。「どれもパラッツォの外で着られると思うなよ」

いくつもの紙袋を受け取るためにロッコの前を通り過ぎたとき、チェシーの笑みは明るかった。

ロッコは私をセクシーだと思っている。

彼はそう思いたくないのかもしれない。結婚したのは、子供を作るためだと考えたいのかもしれない。でもこういう服を着たときの私を、とてもすてきだと思ってくれている。ロッコにはほんの少し譲歩してもらわなければ。そして、自分の妻に欲望を抱くのは正しいことなのだと説得しなくては。

「レストランはどのくらいの距離なの？」

「車ですぐだ」二人はリムジンから車高の低い抜群のデザインのマセラティに乗り換えていた。ロッコは町を出ると、レーシングドライバーのような余裕のある運転で車の性能を試した。エンジンは低いうなりをあげ、人々が振り返って感嘆の視線を向ける。「丘の上にある。眺めは信じられないほどだよ」

「すぐなのね？　よかった。だったら、目を閉じていて」紙袋の一つを開けると、チェシーは水玉のサマードレスを引っぱり出した。それから座席の下にすべりおりて、上の服を脱ぎ捨てた。

車が危険なほどに揺らいだ。「なにをしている？」

「着替えているのよ」チェシーは身をくねらせてサマードレスを着ると、パンツを脱いだ。

「あなたは道路に目を向けているべきじゃない？」

ロッコは顎を引きつらせ、ハンドルをぎゅっと握った。「人目のあるところで服を脱ぐんじゃない」

「もうすんだわ。誰も気づかなかったわよ」

「僕は気づいた」

「いいの。そのつもりだったんだから」チェシーは別の紙袋に手を突っこみ、服に合わせて買った靴を取り出した。最後に少しだけリップグロスをぬる。「また道路から目をそらしているわよ、ロッコ」

「半裸の君が隣にいるんだ。そんなに驚くことじゃないだろう。僕が結婚したおとなしくて無垢《むく》な女性になにが起きたのか、不思議でならない」

チェシーはにっこりしながら隣に座る男性を横目で見た。風に吹かれて、髪が顔をなぶる。

「無垢だったかもしれないけれど、私は一度もおとなしかったことなどないのよ。ただ我慢していただけ。でも、それも克服したわ」チェシーは手をロッコの肩にすべらせた。「新たなことに挑戦できるとわかって、とてもわくわくしているの」

チェシーの手の下で、ロッコの硬い肩の筋肉が緊張する。「新たなこととはなんなんだ?」

「わからないわ。これまではなにを望んでも自由にならなかったから」

「今だってなにを望んでも自由にはならない」ロッコがすげなく訂正する。「なにに挑戦するにしても、僕がすぐそばに立っているんだから」

チェシーはゆったりと座席にもたれて目を閉じ、オープンカーの乗り心地を堪能《たんのう》した。

「かまわないわ。ところで、この車はとてもすてきね」

「君がまったく理解できないよ」

ロッコの口調にいらだちを感じ取り、チェシーは同情するようにほほえんだ。「あなたはこれまで、一人の女性も理解できなかったんじゃないかしら。でも、何事にも初めてはあるわ。私って根っからの楽観主義者だし」

彼女は僕に理解してもらいたいと望んでいるのか? それならまるで見込みはないぞ。

ロッコはチェシーをレストランのテラス席へと導きながら、しかめっ面をした。彼女は矛盾の塊だ。

だが、彼はなにを理解するはずなのかを忘れてしまった。チェシーが優雅に腰を揺らして前を歩いていたからだ。レストランにいるあらゆる男の目が、妻に向けられているのは間違いない。

緊張がいっきに高まるのを感じ、ロッコは首の後ろを手でこすった。いったいどういうつもりで彼女を買い物に連れ出そうなどと思ったのだろうか。チェシーは地味な黒い服のままでいい。

僕は地味な黒い服を着ている彼女のほうが好きだ。そのほうが安全だし、血圧が上がる心配もない。

チェシーの変化は目をみはるほどだ。服装ばかりではない。ふるまいも変わった。まるで突然、自信という言葉を発見したかのようだ。

イタリアの夏の暑さと湿気には慣れているのに、なぜか息苦しさを覚える。車での出来事をまざまざと思い出し、ロッコはチェシーのそそられる腰のカーブから視線を引きはがし、退屈で安全なことに意識を集中させようとした。

ロッコはやさしく内気なところに惹《ひ》かれてチェシーと結婚した。だから、妻がセクシーな美女に変身したという事実にはなかなかなじめなかった。今も居心地が悪くなるほどはっきりと、車の中での一部始終を思い出せる。チェシーの髪を見れば、乱れた髪がやわらかに彼の顔に落ちかかったところを、口元を見れば彼女がもらした小さなうめき声を、体を見れば官能的な腰の動きがよみがえる。

正気を保つには、メニューと景色に集中するしかない。ロッコはそう決意し、いつもの自制心を取り戻そうと奮闘したが……失敗した。

二人がレストランの特等席に落ち着いたとき、チェシーが喜びの声をもらした。店内のあちこちから注意を向けられていることには気づいていない。

「ここからフィレンツェのすべてが見えるのね。ああ、ロッコ。とてもきれいだわ」

彼女はかわいらしい、とロッコは思った。チェシーはほかの女性のように効果を狙《ねら》って言葉を選んだりせず、ただ思ったままを口にする。何事も我慢しない。

そう考えただけで、ふたたび車の中でのチェシーの情熱的な反応がよみがえる。ロッコは急いで飲み物を注文し、突然わきあがった貪欲《どんよく》な衝動を抑えようとした。

いちばん近いテーブルにいた男がぽかんと口を開けたまま、チェシーの体をあがめるように見ていた。ロッコは男をにらみつけ、ヘリコプターを呼んでシチリアまで戻るべきだろうかと考えた。

「どうしたの？」チェシーの口調は心配そうだ。「とても緊張しているみたいだけど」

彼女は気づいてもいない、とロッコは鬱々と思った。あまりに無垢で、男たちが向ける視線もわからないのだ。「いつここを出るべきか考えているんだ」

「出る？」チェシーは心から驚いたように見えた。それから顔を伏せる。「どうして？　完璧なのに。美しいし、とても気に入ったわ」

ロッコは無理やり気持ちを落ち着け、自分のふるまいを振り返った。なぜチェシーを見つめるほかの男の視線がいやでたまらない？　これまでにも、ほかの男たちが欲しいと思うような女とデートしていたのに。だから、初めての体験とは言えない。

だが彼女たちの誰一人として、どこかに隠してしまいたいと思ったことはなかった。今日まで自分がこれほど独占欲が強いと思ったこともない。

チェシーは僕の妻なのだ。ロッコは拳《こぶし》を握りしめ、自分に言い聞かせた。妻に独占欲を感じるのは当然のことだ。

過去の過ちを繰り返しているわけではない。

「わかった、ここにいよう。このレストランの魚料理はすばらしいんだ」彼は短く言った。

景色を眺めていたチェシーが振り返った。「怒っているの？　声が違うわ」

「怒っていないよ」チェシーに魅力を感じるのはいいことだ。まずいことなどなにもない。

ウエイターが二人のグラスに飲み物をつぐ間、チェシーはロッコを見つめて眉をひそめていた。「だったら、緊張しているのかしら」

「緊張なんてしていない」ロッコはグラスを取りあげ、大きく一口飲んだ。ちらりと横を見ると、隣のテーブルの男がなおもチェシーを見つめている。ロッコがもう少しで暴力に訴えそうになったとき、チェシーが身を乗り出して指先で彼の手に触れた。

「あなたが考え方を変えたのはわかっているの。ありがとう」

チェシーの言葉に、ロッコは眉をひそめた。

「どうして礼を言う？」

「ここに連れてきてくれたからよ。私を外に連れ出してくれた」チェシーはためらいがちに笑みを浮かべ、二人の下に広がる景色を眺めた。「すばらしい眺望だわ。初めて訪れるのに、ここ以上のレストランはなかったでしょうね。どんなにわくわくしているか言いつくせないくらいよ。景色のいい場所に座って太陽の光を浴び、あなたと一緒に――」彼女は言葉を切って、はっと息をのんだ。「私、自由になった気がする。だから、感謝しているの」

あまりのショックに、ロッコは一瞬隣のテーブルにいる男のことも忘れた。「初めて？まさか君は、一度もレストランに来たことがないと言っているんじゃないだろうな？　そんなことはありえない」

チェシーの笑みが揺らいだ。「いつ行くの？　あなたは一度も連れ出してくれなかったのに」

「だが、僕と君は知り合ってまだたった九カ月だ。式の日に逃げたあとはどうなんだ？一人で半年間暮らしていたんだろう」

「出かけなかったもの。その勇気もなかったし」チェシーはロッコと視線を合わせた。「もう隠している必要もないわね。私はナポリに近いある農場にいたの。そこの一家とはフェリーで会って、仕事と住む場所を提供してもらった。シチリアに飛行機で戻ってくるまで、そこから一歩も出なかったわ」

「だから、僕の警備チームは君をさがし出せなかったのか」ロッコはチェシーにパンを渡しながらもの憂げに言った。「いい家族だったか？」

「楽しかったわ。私の家族とは大違いだった。子供が六人いて、それぞれが自分の考えを持つように育てられていたわ。両親も、子供たちの言葉に耳を傾けていた。個性を尊重していたのね。なじむまでしばらくかかったわ」

「君が内気だったからかい？」

「私が自分の考えを持つのに慣れていなかったからよ。表現するのは言うまでもなく」チェシーはにっこりした。「いい人たちだった。私は山ほど質問されたわ。それに、必ず意見も尋ねられた。彼らのおかげで私は自分がなんでもできるような気がしたし、思ったままを口にすることを学んだの」

「君は家での生活を極端に制限されていたんだな。ご両親と出かけたことはなかったのか？　家族で食事をするとか、なにか祝いごとがあるときとかに」

二人の前にウエイターが前菜を置き、チェシーはフォークを取りあげた。「父に祝いたいことがそんなにたくさんあったとは思えないわ」

ロッコはチェシーを見つめ、なぜ自分は知らずにいたのか不思議に思った。いったいいつから洞察力をすっかり失ってしまった？「君とお義父《とう》さんの関係について、いくつかききたいことがある」

「私に消化不良を起こさせる話題を選ぶのね」チェシーは皿の上の料理を見た。「楽しい話がいいわ。どうしてあなたはそんなに懸命に働くの？」

「懸命に働くのが好きだからさ」ロッコは顔をしかめた。「お義父さんについて話してくれ」

「どうして話さなければならないの？」

「君が自分のことを僕に理解してもらいたいと望んでいるからさ」ロッコはすらすらと答え、チェシーの頬が赤く染まるのを見て満足を覚えた。

「そのとおりね」チェシーが小さく肩をすくめた。「なにを知りたいの？」

「すべてだ。なぜお義父さんは君を外に連れ出さなかったのか？　君は明らかに才能にあふれているのに、なぜ自らを無能だと思ったか？」

彼女はためらい、やがてフォークを置いた。「父と私はあまり仲がよくなかったの。あなたも察しがついてるでしょう。ただ私を育てるにあたって、父は確固たる意見を持っていたの。学校とオリーブの収穫期を除けば、私はあまり外に出られなかった」

ロッコはブルーノ・メンドーゾのことを知っている限り思い起こした。たしかにあの老人は、娘に敬意も愛情も見せたことがなかった。「だが、十代のころはどんなだった？友達と一緒に出かけたりしただろう？」

チェシーはフォークを取りあげ、また食べはじめた。「父が許してくれなかったわ。学校へは行って帰ってくるだけ。成績もよかったけれど、父はそれについてなにも思わなかった。女に教育は重要じゃないと考えていたから。私はただオリーブを収穫し、オフィスで手伝いをしていればよかったの」

ロッコは椅子にもたれ、不審そうに目を細めた。「君の行動を見てきたから言うんだが、君がお義父さんに逆らわなかったなんて信じられないよ」

「逆らったわ」チェシーが目を上げた。「一度だけ。二度としなかったけれど」

その口調のなにかに、ロッコは背筋が冷たくなった。「彼はなにをした？」

だが、彼女はすぐさま目をそらした。「父に刃向かうなんていい考えじゃなかったのよ。このお魚、おいしいわね」

チェシーの子供時代を深く掘りさげるのに、レストランは最適の場所とは言えない。ロッコはそう考えて別の質問に移った。「外出が許されなかったのなら、君はどうやって時間を過ごしていたんだ？」

「絵を描いていたの。それに読書ね」チェシーはフォークの上の魚料理を見つめ、それから口に入れた。

「どこにも旅行はしなかったけれど、心の中ではあらゆる場所に行ったわ。フィレンツェにも行った。ドゥオーモ広場や洗礼堂を訪れたり、ヴェッキオ橋を歩いたり。メディチ・リカルディ宮殿の礼拝堂のフレスコ画やダヴィデ像も見た。私はいろいろなものを心に思い描くのが得意なのよ」

いつしか、ロッコはチェシーのくるくる変わる表情に夢中になっていた。「フィレンツェについての本は読んだのかい？」

「何冊もね。ルネッサンス時代のフィレンツェに生きるのはどんなだろうと想像したわ。ローマについても……」チェシーは息もつかせず、熱をこめて話しつづけた。ロッコはレストランにほかの客がいるのもすっかり忘れた。彼女がとうとう話すのをやめてかすかに頬を染めるまで、料理の味もわからず、食事が終わったことにも気づかなかった。

周囲を見ると、ほかのテーブルには誰もいない。

「すっかりおしゃべりしすぎたわ。でも、ここはすてきね」チェシーは眼下の町を見渡した。

「これ以上にすばらしい光景があるなんて想像できないわ。色合いがここを特別なものにしているのね。家の赤い屋根と白い壁――誰かがここに立って、町全体をどうするか決めたみたい」

ロッコはチェシーの視線をたどり、彼女の視点から町を見ようとした。「フィレンツェにはずっと前から家があったせいで、僕はきちんと見ていなかったんだろうな。もう一度見るべきかもしれない」ロッコが視線を向けると、すばやく察したウェイターが勘定書きを持ってきた。「さあ、行こう、アンジェロ・ミオ。君に見せたいものがある」

ロッコはチェシーを連れて、徒歩で観光名所をめぐった。張り出した屋根が作り出す陰を最大限に利用しながら、狭い通りをゆっくりと歩く。ときどき町中を騒々しく走りまわるスクーターが近づいてくるので、飛びのいてよけなければならなかった。

「上の塔を見てごらん」ロッコがチェシーの腕をとって指し示す。「ここは町でもっとも古い区域なんだ。あれは城館だ。中世には攻撃から身を守れるように、人々は家の防備を固めたんだよ」

「誰が攻撃するの?」

「主に近所の人間だな」自殺願望があるとしか思えない勢いでスクーターが通り過ぎ、ロッコはチェシーを舗道の脇《わき》に引っぱった。「中世のフィレンツェでは、誰もが人と争っていたから」

チェシーは笑った。「だとすると、熱いラテンの血はあまり変わっていないということね」

二人は歩きつづけた。角を曲がるたびに、赤煉瓦《れんが》と白い大理石で有名なサンタマリア・デル・フィオーレ大聖堂の丸屋根が違った形で姿を現す。

「あんなものを大昔に建てられたなんて」ようやくドゥオーモ広場に入ると、チェシーはため息をついた。おしゃべりに興じる観光客を避けながら、荘厳な建造物に敬服の視線を向ける。

「フィレンツェの人々も感銘を受けたと思うよ」ロッコがほほえみかけた。明らかに、チェシーの熱狂ぶりをおもしろがっている。「中に入りたいかい？」

「もちろん」チェシーは不安そうにロッコを見た。「いいの？　あなたはたびたびここを訪れているんでしょう。退屈じゃない？」

ロッコのハンサムな顔に奇妙な表情がよぎった。「退屈じゃないよ」彼はやさしくチェシーを安心させた。「まったくね」

チェシーは頬が熱くなるのを感じた。だめよ、彼が私のことを思っているなんて勘違いをしてはいけないわ。私は一度過ちを犯した。その結果、あっという間に奈落《ならく》に突き落とされたじゃないの。

二人は大聖堂の涼しい静けさを堪能したあと、孤児養育院《スペダーレ・デッリ・インノチエンティ》に向かう道を進んでいった。

「文字どおり、ここはかつて孤児院だった」ロッコが中に導きながら説明する。「君に見せたい絵があるんだ」

　中庭を抜けて階段を上り、別の広場《ピアッツァ》を見おろせる狭い展示室に入った。絵は部屋のいちばん端にありながら、鮮やかな色調によってその場を支配していた。

「君が気に入ると思ってね」ロッコはチェシーを絵の方に連れていった。

「美しいわ」チェシーは絵についての説明を聞いてから、部屋の中を移動した。「どうしてそんなにルネッサンスの絵画に詳しいの？　あなたは大学へ行ったの？」

　ロッコはかすかな笑みを浮かべた。「ケンブリッジで法律の学位をとり、ハーバードで経営学修士《MBA》をとった。だから君の質問についてはイエスだな。だが、残念ながら芸術は学んでいない。当時の僕の野心は、芸術品を集めるのに充分な金を得ることにあったからね。パラッツォには君が興味を持ちそうな作品もたくさんあるよ」彼が作品名を二つあげると、チェシーは目を見開いた。

「でも、それは個人蔵でしょう。本で見たわ」

「そうだよ。僕の個人蔵なんだ」

「あら」しばらくチェシーは黙りこみ、彼の言葉を噛《か》みしめた。「今までお金に意味を見いだしたことはなかったけれど、それほど美しいものを所有して好きなときに見られるというのは……」彼女はため息をついた。「あなたってものすごく幸運ね」

　ロッコが笑った。「君のものでもあるんだよ。いつだって好きなときに見られる。二階の書斎にあるからね。ただし、手で触れてはだめだ。もし触れたら、フィレンツェ全域の警官隊が飛んでくる」

「一つ、きいてもいい？」建物から出ると、チェシーは手を上げて、照りつける太陽の光をさえぎった。「あなたがその作品を買ったのは、気に入ったからなの？　それとも、いい投資だから？」

「両方だな。芸術は手堅い投資なんだ。だが、自分が見て喜びを感じるものでなければ、壁にかけたくはない。そういえば、君の鉛筆画はすばらしかった。水彩や油彩はどうなんだい？」

チェシーは顔を赤らめた。「学校で試してみたけれど、ほんの少しだけよ。父は私がうちで絵を描くのをいやがったから」

「君は大学へ行って勉強するべきだった」

「そんな自由は許されなかったもの」チェシーは階段から広場に下り、海の怪物の像が並ぶ噴水のまわりをのんびりと歩いた。「私は村の修道院つきの学校へ通ったわ。父が許したのはそこまでだった」

「そんなに生活を制限されていたなんて、とても信じられない」ロッコはチェシーのウエストに腕をまわし、観光客の一団をやり過ごした。「友達は？」

「一人もいなかったわ。私は背が高くて、ほかの女の子とは体つきも全然違っていたの。

恐ろしいほど内気だったし。正直言って、私は友達として楽しい相手ではなかったみたい」

広場を出た二人は、狭い通りを進んだ。「君は正直で隠しごとをしない性格だ。だから、そう聞いても僕にはぴんとこないよ」

「でも、真実なの。あなたは? あなたの子供時代を教えて」

ロッコの態度が即座に変化した。彼の体が緊張し、顎の線がこわばる。「話すことはなにもないよ」

「いいえ、あるでしょう!」チェシーは立ちどまり、ロッコの腕をつかんだ。彼の反応のなさにいらだっていた。「新聞によると、あなたは十九歳のときに大金を手に入れたそうね」

「あれは十七のときだったし、一般に知られているより額も多かった」

「なぜ手に入れたの?」

「まったく君らしいじゃないか。ほかの誰もが〝どうやって〟手に入れたかと尋ね、自分たちもうまくものにしようと考えるのに。君だけは〝なぜ〟と尋ねるんだな」

「それで?」チェシーはロッコの口調にひそむかすかな皮肉にも屈しなかった。「なぜなの?」

「誰しも金は欲しいだろう?」

「もちろん、居心地よく暮らすために充分なお金は欲しいわ。でも十七歳のあなたは、なにかに駆りたてられてお金を作ったに違いないわ。今も駆りたてられているけど。私はその理由を知りたいの」

「君のおかげで、僕たち二人の大きな違いがはっきりしたな。君は僕に自分のことを知ってもらいたがるが、僕は君に理解してもらう必要がない」

「でも、私はあなたのことを知りたいのよ」

「仕事をするのが好きだからさ」ロッコは肩をすくめた。「それで話はおしまいだ」

チェシーは眉をひそめた。まだ話は終わっていない。でも明らかに、ロッコに話す気はないらしい。二人の付き合いがまだ短いからだ。いつかは彼も打ち明けてくれるだろう。

「ずっとサンマルコ修道院を見たいと思っていたの。これから行ってもいい？」

「明日にしよう」ロッコは腕時計をちらりと見た。「フィレンツェを歩くのは疲れる。夜になる前に休んでおいたほうがいい」

「どうして？　今夜、なにかあるの？」

「ナイトクラブに行く」

「あなたは二度と私をナイトクラブに連れていかないと思っていたんだけれど」

「それは君が一度も行ったことがないと知る前のことだ」ロッコがチェシーをにらみつける。「そんなにうれしそうな顔をするな。僕以外の誰とも踊ってはだめだぞ」

「そんな気はないわ」チェシーは衝動的に背伸びをして彼の頬にキスをした。「ありがとう。あなたがしてくれた中でいちばんロマンチックなことだわ」

「ナイトクラブに連れていくのがロマンチックだって?」ロッコは眉を片方上げた。「君の寝室を花でいっぱいにしたほうがロマンチックだっただろう」

「いいえ」チェシーはロッコの腕に手をすべらせた。「私たちの寝室を花でいっぱいにしたのは、あなたのアシスタントよ。だから、別にロマンチックでもなんでもないわ。あなたはそうしたくないのに、私が行ったことがないという理由でナイトクラブに連れていってくれるほうがロマンチックよ」

「君は本当に複雑だな」

「いいえ、正直なだけだわ」チェシーはためらった。「私が仕事を見つけるのも手伝ってくれる?」

「君には仕事なんて必要ないだろう」

「お金の問題じゃないのよ、ロッコ。私は外に出て働きたいの。人に会いたいのよ」

「ぜひ絵を描きなさい。階上《うえ》の部屋を君のアトリエにしようと決めたから。北に面しているし、明るさも完璧だ。仕事を持つことはない」

「私は働きたいの。独り立ちしたいのよ」

ロッコはつのるいらだちもあらわにチェシーを見た。「これまでの生活がひどく制限されたものだったとわかった以上、君にはいろいろなことをさせるつもりでいる。だが働くことは、その中に入っていない」

「つまり、あなたは私を閉じこめるつもり？」

「またその話か。僕は君をナイトクラブに連れていくんだぞ」ロッコが念を押した。「だから、君を閉じこめるといって僕を責めるのはお門違いだ」

「ボディガードは何人連れていくの？」

「僕がいるだろう」ロッコが陰鬱そうに言った。「もし誰かが君をちらりと見る以上のことをしたら、即座に病院送りにしてやる」

チェシーはロッコのこわばった顎を見つめた。彼が私を思いやってくれていると信じられたらいいのに、と思いながら。

8

ロッコはチェシーを流行の最先端のナイトクラブに連れていった。チェシーは体が痛くなり、肺が破裂しそうになるまで踊った。音楽と照明にあおられて、自分にあるとは知らなかったリズム感が目覚めていた。そして体を揺らしながら、ロッコが彼女以外の誰にも注意を向けていないのに気づいた。

クラブを出るころ、二人の間にはなにか生き生きとしたものが芽生えていた。寝室のドアを閉めたとき、ロッコの意図は明らかだった。

「今夜はずっとこうしたいと思っていた」彼はチェシーの顔を包みこんで唇を合わせた。

「僕の自制心は思っていたほどたいしたものではないようだ」

チェシーも今夜の外出などどうでもよくなっていた。望みはロッコと一緒にいることだけだ。

唇を押し開かれ、ロッコの巧みなキスに興奮を覚えて身震いする。たった一度のキスで充分だった。頭はくらくらし、膝はがくがくして、胃が引っくり返りそうになる。ロッコは唇を合わせたまま、両手でチェシーの背中を撫《な》でながらドレスを床に落とし、彼女を下着だけの姿にした。

「君は以前、僕が君をセクシーと思っているか尋ねたね」ロッコがかすれた声で言う。

「もうその答えはわかっていると思う。君は僕が今まで会った中で、いちばんセクシーな女性だ」

もっと彼に近づきたい。チェシーは熱に浮かされたような焦燥感に駆られ、ロッコの肩からジャケットを押しやった。「あなたは妻がセクシーになるのを望んでいないんだと思っていたわ」

「僕が間違っていた」

「間違っていた？　あなたが誤りを認めるなんて思ってもみなかったわ」

ロッコは肉食獣のような笑みを浮かべつつ、チェシーをそっと押してベッドに仰向けにさせた。両腕をついて体を支え、彼女におおいかぶさる。「君のことについては、努力して受け入れるよ」

「脱いで」チェシーは手を伸ばし、ロッコのシャツのボタンをはずすと、胸に両手をすべらせた。「あなたのすべてを見たいの」

胸の筋肉に広がる毛は下に向かうにつれて狭まっていき、さらに下へといざなうようだった。ジャケットに続いてシャツが床に投げ捨てられたとき、チェシーは彼のズボンのベルトに手を伸ばした。

「まだだ」ロッコがチェシーをベッドに押し倒し、彼女の体を撫でおろす。「先にしなければならないことがある」

彼はチェシーの体をおおっていたシルクの切れ端を取り去り、両膝をやさしく押し開いた。なにが起こるか察して、彼女はひるんだ。ロッコの舌がゆっくりと丹念に触れるのを感じ、頬が熱くなる。やめてと言おうとしても、恍惚《こうこつ》のため息しか出てこない。

どうしてロッコは私の体をこんなによく知っているのかしら？　チェシーはぼんやりと考えた。耐えられないほどの緊張が高まり、シーツの上で腰が落ち着きなく動く。もう我慢の限界と思ったそのとき、ロッコが体の位置をずらして、腕をチェシーの下に差し入れた。彼がいっきに身を沈めると、チェシーはなにも考えられなくなった。

「ああ、君はすばらしい」

ロッコは躊躇《ちゅうちょ》せずにチェシーの中に突き進んだ。チェシーの中で燃えさかる炎に、彼の力強さが溶け合う。信じがたいほどの親密なつながりに、チェシーは息を奪われた。彼の大きさを実感し、強烈で卓越した動きに得も言われぬ感覚を堪能《たんのう》する。即座に迎えたクライマックスはすさまじく、チェシーはロッコの口に向かってあえぎ、背中に爪を立てた。ロッコの動きがもの憂げになっても、チェシーの興奮は冷めなかった。驚くほどの勢いで体の中に甘い刺激が広がっていく。やがてふたたび頂点に達したとき、彼女の歓喜の声はロッコの唇に封じられた。

力を失い、呆然《ぼうぜん》とした状態で、チェシーはロッコの胸に両手を押しあてた。「もうやめて――」

「どうして?」ロッコが唇を重ねたままうめく。「こんなにすばらしいのにどうしてやめる?」

チェシーは恍惚の海に漂いながら、ロッコを見あげた。「私にはとても無理――」

「無理じゃないさ、僕の天使《アンジェロ・ミオ》。これから君にもわかる」ロッコがわずかにチェシーの位置を変えた。

その変化にすぐさま体が応《こた》えるのを感じ、チェシーは声をもらした。「ロッコ、もうだめ――」

「大丈夫」ロッコが動きを速めると、抑えきれない感覚が炸裂《さくれつ》し、チェシーは彼に求められるまま腰を持ちあげた。

今度はじけた喜びはチェシーを焼きつくし、のみこみながら際限なく続いた。ついでロッコがチェシーの唇になにかつぶやく。彼の突然の緊張と熱い解放を感じた瞬間、チェシーもまた甘美の際からとうとう解き放たれた。

息を切らし、ぐったりしてロッコの下に横たわる。チェシーはなめらかな彼の筋肉や荒い息、そして力強い体を感じた。その体の重さにもかかわらず、ロッコには動いてほしくなかった。この瞬間を終わりにしたくなかった。

「すまない」ロッコの声はぶっきらぼうだった。「避妊すると約束したのに、思いも及ばなかった」

チェシーも頭に浮かばなかった。避妊などどうでもよかった。ロッコと一緒にいることしか考えられなかったのだ。彼を愛しているから。

突然悟ったせいで、頭の中にあったほかの考えはすべてはじけ飛んでしまった。チェシーは静かに横たわり、今わかった重大な事実について考えた。

「怒っているんだろう」ロッコはチェシーを抱いたまま仰向けになった。「本当にすまない。どう思われてもしかたないが、僕は君を守るつもりだった」

「怒ってなんかいないわ」

ロッコの手がやさしくチェシーの背中を撫でる。「なにか引っかかっているんだろう。僕にはわかる」

私は今、この気持ちが愛だと知った。それが引っかかっているの。ロッコに愛はないから。

「今日のことを考えていたの」しばらくしてチェシーは言った。真実は言えないけれど、なにか話さなくては。

「すばらしかったわ。人生で最高の一日だった。ありがとう」

彼にそっとキスをする。ロッコがかすかに眉をひそめ、ためらった。彼はなにか愛を表す言葉を口にしてくれるかしら？

チェシーはじっと動かず、待った。けれどもロッコは目を閉じ、ただ彼女を引き寄せただけだった。

呼吸が落ち着き、ロッコが眠りに落ちていく。チェシーは失望してはいけないと自分に言い聞かせた。彼は思いやりを見せてくれた。大事なのはそこだ。

二人はフィレンツェへの滞在を一カ月延ばした。その間、ロッコはチェシーの母親の消息をさぐった。

「彼女は世界一周の船旅に出ていたよ」彼はある電話番号をチェシーに手渡して、冷ややかに言った。「本当に連絡したいのか？　お母さんは君のためになにもしなかったように思えるが」

チェシーはその番号を見つめた。

「母は私のために父と別れなかったんじゃないかしら。あまり深い関係ではなかったけれど、連絡すべきだと思うの」

彼女は電話をかけ、短い会話を交わした。母は新たな自由と人生を楽しもうとしているらしかった。チェシーが新たな人生を楽しんでいるように。

ロッコはチェシーを連れてフィレンツェからローマに移り、そのあとはシエナ、ヴェネチア、ヴェローナを訪れた。二人は豪華なホテルに滞在するときも、必ず警護チームをつけた。チェシーだけで観光する際は、彼らがつき添った。

ある午後ポンペイを訪れたとき、チェシーはひどく気分が悪くなってホテルに引き返した。日差しが強すぎたせいに違いない。プレジデンシャル・スイートに直行するエレベーターに乗った彼女は、胃のむかつきを必死にこらえながらそう思った。

ロッコはリビングルームで仕事をしていた。テーブルに書類を広げ、携帯電話を耳と肩の間にはさんで、書類の空白部分になにかを書きこんでいる。

「その広告はだめだ」ロッコが歯噛《が》みする。「もっとましな仕事ができないなら首にしろ」電話を持ち替えたとき、彼は戸口に立っているチェシーに気づいた。「大丈夫か？　顔色が悪いぞ」

「暑い中、観光をしすぎたせいだわ」チェシーは横になろうと思って寝室に向かおうとした。そのとき、レストランにいる男女の写真に目を引かれた。「これはなに？　どうしてあなたは怒っているの？」

「怒ってなんかいない」ロッコは髪を乱暴にかきあげると、書類を指し示した。「いらだっているだけだ。オリーブオイルの宣伝を請け負った広告代理店が、ろくなものを仕上げてこない。子供にサインペンを持たせせたほうが、まだましだ」

チェシーは写真を取りあげた。「広告のことはなにもわからないけど、これはなにを表してるの?」

ロッコが苦笑する。「君が尋ねなければならないという事実が、出来の悪さを如実に表しているな。君が手にしたのは紙媒体――雑誌などに向けて企画された広告だ。こっちが絵コンテだよ。テレビコマーシャルのコンセプトを大ざっぱに描いている。どれもひどいものだ」

チェシーは高級レストランとおぼしき場所で食事する男女の写真を見つめた。「どんなのがいいの?」

「さあね」ロッコは正直に答えた。

「いつもならこの手のことはイタリア支社に一任するんだが、このオリーブオイルのプロジェクトには個人的にかかわるという過ちを犯してしまった。とにかく、彼らが提示してきたものはすべて気に入らないんだ」

チェシーは写真を見て眉をひそめた。

「製品が高級だと伝えたいのかしら。でも、これではシチリアらしさが感じられないわ。場所はありふれているし、料理にもこだわりがなさそう。もし隅にオリーブオイルのボトルがなかったら、オリーブオイルの広告だなんて誰も――」

なじみのないことを話していると気づいて、言葉を切る。

「続けてくれないか」ロッコが考え深げに目を細くした。「さあ」

「私、広告のことはなにもわからないわ。でも写真って、それだけでなにかを語るはずだから」チェシーは口ごもり、黙っていればよかったと思った。

「写真の男女が楽しく過ごしているのはわかるわ。でも、商品についてはなにも語られていない」

「君ならオリーブオイルについてどう語る？　写真になにを取り入れたらいいかな？」

チェシーは当惑して肩をすくめた。

「わからないわ。私――」ああ、もうどうにでもなれだわ。チェシーはテーブルからペンを取りあげて、なにも書かれていない紙をさがした。

「私なら、オリーブオイルそのものの起源を写真に結びつけるわ。暑さとかにおいとかいった、シチリアの雰囲気を。オリーブオイルのすばらしさはそこにあるんですもの。オリーブを収穫していたからわかるの。もし私が写真を撮るなら、シチリアを背景に使うわね」ペンを紙にすべらせ、大まかなスケッチを描《か》く。

「写真を見て、そこにいるような気分にならないと。シチリアのすばらしさにオリーブオイルを結びつけるのよ」突然、チェシーは恥ずかしくなった。「ごめんなさい。私、なにを言っているのかしら」

「とんでもない。君の言っていることはすごくよくわかる」ロッコはスケッチを取りあげ、大きくうなずいた。「よくできている。君が話したアイデアを、彼らに伝えよう」

「冗談でしょう！」チェシーの目が見開かれた。

「僕は気に入った。金は僕が出しているんだし、彼らがだめにしようとしているのは僕のオリーブオイルなんだぞ」ロッコはスケッチをテーブルに置くと、チェシーを力強い体に抱き寄せた。

「私、広告については無知なのよ」

「だが、芸術については多くを知っている。君は仕事を欲しがっていたじゃないか、僕の《カー》いとしい人《ラ・ミア》。僕はそれを提供しようとしているんだよ。君はオリーブオイルの広告宣伝制作の監督をすればいい」

チェシーはロッコのたくましい体を押しやった。彼の近くにいるだけで、めまいがするような喜びが押し寄せる。「誰も私の言葉なんて聞かないわ。私にはなんの資格もないのよ。それに――」

「自分の才能にもっと自信を持つんだ」ロッコはそう命じると、セクシーなほほえみとともにチェシーを放し、携帯電話を取りあげた。

「君がホテルの備えつけのペンを使ってほんの二分で描いたもののほうが、大金を支払って広告代理店に作らせたものより格段にすぐれている。だが、決めるのは君だ。仕事が欲しいのか？　欲しくないのか？」電話を持ったまま、問いかけるように片方の眉を上げる。

チェシーは息苦しくなった。「ええ……いえ……」

ロッコの目にユーモアが浮かんだ。

「上司としての判断で、最初の答えを選ぶことにしよう」番号を押して待つ間、彼は考えこむようにチェシーを見つめていた。それから電話の相手に向かって、代理店を明日呼び寄せるよう指示を出した。

ロッコが電話を切り、チェシーは唾《つば》をのみこんだ。神経が高ぶり、胃がきりきりする。

「もし私が失敗したら?」

「そのときには君を首にするよ、大切な人《テソロ》。だが、心配するな。僕が寝室でなぐさめてあげるから。まだ顔色が悪いな。観光のしすぎというのは本当なんだね?」

「今日はものすごく暑いもの。午後はテラスの日陰で広告について考えるわ。もっと細かいスケッチを描いてみるわね」

ロッコがいたずらっぽく笑った。「あるいは暗い部屋で横になるべきだな。広告なら先に延ばせる」

翌朝目覚めたときには気分がよくなっていたので、チェシーはほっとした。だが、広告代理店とミーティングをすることを思うと緊張した。今までスケッチは単なる趣味だったし、他人に見せたこともない。

相手にどんな印象を与えるかが心配で、彼女は注意深く服を選び、髪はまじめで仕事にふさわしいスタイルにまとめた。

「ものすごくセクシーだな」腕時計をとりにバスルームに入ってきたとき、ロッコがうなった。「もっと違うものを着なさい」

チェシーは自分の姿を確かめ、憤慨した目でロッコをちらりと見た。「ロッコ、スーツはグレーよ。信じられないほど地味だわ」

「だったら、スーツのせいじゃなく君のせいだな」ロッコはため息をつき、首の後ろをこすった。「たぶん、君に広告の指揮をとらせることを許した僕が愚かなんだろう」

なぜそんな独占欲むき出しの言葉にいらだったりしないのか不思議に思いながら、チェシーはため息をついた。「あなたが私に魅力を感じたからって、みんなも同じだとは限らないわ」

ロッコの目が暗く陰った。「君に同行するつもりでよかったよ」

「私、きちんとして見えるかしら?」

ロッコがかすかな笑みを浮かべる。「仕事を始める前から、君を首にすることを考えているくらいさ。すぐにベッドに連れ戻せるように」

「なんてセクシーな言葉かしら」

「君は僕にセクシーだと思ってほしかったんだろう、テソロ」ロッコはやわらかい声でゆっくりとチェシーに思い出させた。「君は文句を言える立場にない」

文句を言う気などなかった。チェシーはロッコにセクシーと思われていることが――彼が自分の体に夢中なのがとても気に入っていた。それ以上は求めていないときっぱり自分に言い聞かせてメイクを仕上げ、昨夜描いたスケッチを取りあげた。

ロッコにそっと押されて部屋に入ったとき、チェシーの胃はよじれそうだった。大きな楕円《だえん》形のテーブルのまわりには、無数の人々が座っているように見える。チェシーが恥ずかしさを感じながら空席に座ると、ざわざわしていた会話がやんだ。

ばかみたい。チェシーは心の中でつぶやいた。彼らが私の話を聞くわけがないわ。

ところがスケッチを広げて自分の考えを説明したとたん、室内はしんと静まり返った。ようやくチェシーが話を終えたとき、テーブルのまわりに座る全員から興奮したつぶやきがもれた。

「すばらしい。感情に訴え、それでいて高価な商品に結びつける洗練された品格が備わっている」ロッコから広告代理店の社長だと紹介された男性が、身を乗り出した。「このスケッチもみごとだ。あなたはどこの会社で働いているのですか?」

「僕の会社だ」ロッコが即座に言った。表情は冷ややかで近寄りがたい。「君の会社で彼女のアイデアを仕上げてほしい、ルカ。やってくれるね?」

「もちろんです」男性がうなずいた。「今週末までにお持ちします。あと人を派遣してシチリアでロケ地をさがします。ビーチのレストランかなにかを」

「あなたの別荘で撮影したらどうかしら?」チェシーは提案した。「高級感を打ち出すなら、プールのある個人所有の別荘ほどぴったりのものはないわ」

「オリーブオイルを使えば、憧《あこが》れのライフスタイルが味わえると思わせるわけですね?」ルカが一心不乱にメモをとっている部下に向かって手を振った。「潜在意識に訴える手法だ」

ロッコの口元が引き結ばれた。「世界じゅうのテレビに僕の島が映るのは気が進まないな」

「別の場所をさがします」ルカが即座に言った。「あくまで基本的なコンセプトが重要なんです。贅沢《ぜいたく》という点が。私たちにお任せください」

彼らが部屋を出ていったあと、ロッコはチェシーのウエストに腕をまわし、エレベーターへと導いた。「さて、君は仕事が欲しかった。そして今は、それを実現したように見える」エレベーターに乗り、キスを求める。「君はすばらしいよ。その仕事ぶりに対して、報酬を要求するべきだ」

チェシーは腕をロッコの首にまわしてほほえんだ。さっきから体じゅうをアドレナリンが駆けめぐり、気分が高揚していた。「無報酬で引き受けるわ」

「これからフィレンツェに戻ろう。アトリエに改装した部屋でスケッチを仕上げればいい」スイートルームに通じるエレベーターの扉が開くと、ロッコは言った。「シチリアには戻りたくないんだろう?」

「もうシチリアが嫌いなわけじゃないわ」チェシーは静かに言い、窓に近づいて、切りたった崖《がけ》を見おろした。「あなたが戻る気になったら、私も一緒に行くつもりよ」

「よかった」ロッコはさらりと言った。「僕も君をここに残していくつもりはなかった。僕が行く先には君も一緒だ。とくに今は、オリーブオイルの輸出の成功が君の手腕にかかっているんだからね」

二人はフィレンツェに戻った。そのあと数週間チェシーは昼夜を問わず働き、ときにはルカと、ときには代理店の広告制作責任者と電話で話した。彼らはチェシーが渡したスケッチに磨きをかけて、アイデアを具体的な形にふくらませていった。

ただ一つの障害は、チェシーがひどく疲れやすいことだった。あまりに体力がない自分にいらだち、彼女は午後に昼寝の時間をとることにした。だがそれでもやはり疲れを感じたし、おかしなくらい涙もろくもなっていた。どうしたのかしら? とうとう人生が望んだとおりになったのに。

私が描いた絵は広告として採用された。ロッコとともに旅もしている。彼がまもなくニューヨークに私を連れていこうとしているのも知っている。愛しているとは言ってくれないけれど、ロッコは信じられないほどやさしい。感情に左右されない男性にしては、驚くほど思いやりを見せてくれる。

だったら、どうして涙に暮れるのだろう？　私はどうしてしまったの？　これ以上なにが欲しいの？

広告の撮影は首尾よく完了し、チェシーの仕事も終わった。あとは部下たちが配給の手配をするだけなので、ロッコはニューヨークへと飛んだ。一緒に行こうと誘われたものの、チェシーはほんの短い滞在のために長い距離を移動すると考えただけで疲れを覚え、断ってしまった。彼は二日で戻ってくる。それまではゆっくり休もう。

疲れはとれず、チェシーは不安だった。原因をさぐるために、彼女は地元の医師に予約をとった。

翌日の午後、医師はいくつか検査をしたあと、チェシーを診察室に呼んだ。「あなたはこのところ、仕事が忙しかったとおっしゃいましたね？」

「ええ。それでこんなに疲れがひどいんですか？」

「いいえ」医師は眼鏡を直し、かすかな笑みを浮かべた。「あなたが疲れを感じるのは、妊娠しているからですよ、シニョーラ」

「ありえません。まさかそんな」

「どうしてです？」医師の声はやさしかった。「あなたは結婚なさっているんでしょう？」

「ええ、そうです。でも――」チェシーは言葉を切った。ロッコはちゃんと避妊していた。けれど最初のころは……。「でも、生理はあったんです」

「ホルモンが安定するまでは、出血が見られる場合もあります。あなたが妊娠しているのは間違いありません。通りの向こうでクリニックを開いている産科医を紹介しましょう」

妊娠？　チェシーは失望がわきあがるのを待った。けれども、満ちたりた温かい気持ちしか感じない。計画どおりではなかったが、チェシーはばかみたいにうれしくなった。とうとう自分の家族が持てる。家庭はぬくもりと愛にあふれることになるだろう。私の子供時代とは似ても似つかないものに。

「本当ですか？」そのことを伝えたときのロッコの喜びを想像して、チェシーは興奮して尋ねた。「本当に間違いないのですか？」

「間違いありません。産科医に連絡する間、しばらくお待ちください。超音波検査も受けられるようにしましょう」

一時間後、チェシーは診察台に横たわっていた。産科医はモニターに映るわけのわからない形をじっと観察している。かなり前に妊娠したに違いないと思っていたので、少なくとも四カ月になっていると告げられてもチェシーは驚かなかった。

産科医はカルテになにか書きとめた。「まだ妊娠するつもりはなかったのですか？」

「ええ。でも、かまいません」チェシーは体を起こして衣服を整えながら、あわてて言った。「夫は息子を死ぬほど欲しがっているので」

「その望みがかなうまでには、まだしばらく待たないといけないようですね」医師がやさしい笑みを浮かべ、写真を手渡した。「かわいい女の子なのははっきりしていますから。おめでとう」

「女の子?」チェシーは座ったまま、手に持った白黒の写真を見つめた。「確かなんですか?」

「ええ、確かですよ」医師は眉をひそめた。「なにか問題でも?」

「いいえ」チェシーは医師にじっと見つめられ、すばやく答えた。「問題はありません」

私のほうは問題はない。でもロッコは……。

クリニックを出て歩いて家に向かううち、体の内側から喜びと興奮がにじみ出てきた。一方、心は暗い不安でいっぱいになった。

ロッコは気にしないわ。チェシーはきっぱりと自分に言い聞かせた。けれどどんなに無視しようとしても、頭の中で響く警告の声はどんどん大きくなっていく。ロッコは大家族を作りたいと言っていた。息子を持つ話はしたけれど、一度たりとも娘のことは口にしていない。

　私は母と同じことをしようとしている。父が欲しいのは息子なのに、母は娘を産んだ。めまいに襲われたチェシーはしばし立ちどまり、頭をはっきりさせてから屋敷《パラッツォ》に向かった。

家族はきっとぎくしゃくする。そうに決まっている。私は息子を欲しがった父親のもとで育った。求められないことがどんなものか、身をもって経験してきた。ロッコを相手に、また同じ危険を冒すの？

自分の子供にあんな思いをさせるわけにはいかない。となると、残された道は一つしかない。

9

なにかがおかしい。空港から帰る車の中で、ロッコは腕時計を確かめた。座席の上でもどかしげに姿勢を直し、つのるいらだちを抑えようとした。

会社の一つが危機に陥ったせいで、彼はニューヨーク滞在を一日延ばさなければならなかった。それ自体に問題はないはずだった。だが昨夜電話に出たチェシーには、いつもの溌剌《はつらつ》としたところがなかった。心にわだかまりがあるのは明らかだ。

あの電話以来、ロッコの中で不安がふくらんでいた。隠そうとしてはいても、チェシーは最近ひどく疲れやすかった。突然、ロッコは冷たい恐怖が背筋に走るのを感じた。彼女はどこか悪いのだろうか？　僕には言えないほどに。病気なのか？

いや、それはない。チェシーは健康な女性だ。あの疲れは間違いなく、激しい夜の生活によるものだ。とすると、問題はまったく別のところにある。

事実を確認し、いくつもの可能性を吟味した結果、納得のいく理由にたどり着いた。チェシーは僕を愛していて、そう言うのを恐れているのだろうか？

ロッコは人さし指をシャツの襟の中に差し入れた。いつもならここで警報ベルが鳴るはずだ。一瞬で男女関係を破壊する言葉の中でも、彼は〝愛している〟という言葉ほど致命的なものはないと思っていた。だが、どういうわけかチェシーから愛の告白をされると思ったただけで、いつものパニックの代わりに温かい感情がわきあがる。

いいじゃないか。チェシーが僕を愛していてもなにもまずいことはない。彼女は僕の妻だ。愛していて当然なのだ。今夜、ロッコはチェシーに気持ちをはっきり口にするよう促すつもりだった。

ニューヨーク滞在を延ばさなければよかった。問題を解決するために、家に戻るべきだったのだ。彼女に会いたくてたまらない。そのことに気づいて、彼は人生で初めて一人の女性を恋しく思うという居心地の悪い真実に向かい合わざるをえなくなった。

僕はチェシーが恋しい。

だが、それほど驚くことではないと自分をあわてて納得させた。最近の二人はかなりの時間をともに過ごしているし、彼女は一緒にいて楽しい相手だ。若々しくてすれていないチェシーの性格は、過去に数多くの社交界の女性たちとデートした彼には新鮮だった。それに、広告の仕事に対するチェシーの熱意はすばらしかった。細部に対するこだわりは、彼女が完璧《かんぺき》主義者であることをうかがわせる。それはロッコが部下に求める能力だった。

ただし、チェシーは部下ではない。彼女は妻だ。

そのうえ部下は妻のように、僕の体に影響を及ぼしたりしない。以前は我を忘れるほどの熱いセックスにふけっても、仕事を遅らせることなどなかった。だがチェシーが相手だと、会社が二の次になる。それも一度ならずだ。

数時間後に屋敷《パラッツォ》に足を踏み入れたころには、ロッコは二人で夜をどうやって過ごすか決めていた。だから、神経質そうにテラスに立っているチェシーを見てびっくりした。

神経質そう？　ジャケットを脱ぎ捨ててネクタイをゆるめながら、ロッコはかすかに眉をひそめた。なぜチェシーが神経質になるんだ？　僕に愛を告白するのは、それほど大変なことなのか？

チェシーはテラスに立ったまま、近づいてくるロッコを見つめていた。

メタルグレーのイタリア製のスーツを着た彼は、傲慢《ごうまん》そうに頭を傾けている。すばらしい男性だ。まるで戦場から凱旋《がいせん》する征服者のようだ。ロッコは疑いを抱いたことがないのかしら？　不安を感じたこともないの？

チェシーは目を閉じ、大きく息を吸った。それから、両手を後ろにまわして手が震えているのを隠す。私は正しいことをしている。道は一つしかない。

でももし彼を愛していなかったら、すべてはずっと楽になったはずだった。

ロッコがテラスの入口で立ちどまった。いつもの冷ややかで飽き飽きした表情が、やさしくやわらいだように見える。近づいてきた彼からもの憂げなキスを受け、チェシーは自分に言い聞かせた。願っているから、そんなふうに見えただけよ。ロッコはまる三日間、セックスなしで過ごしたのだ。彼ほどのエネルギーにあふれた男性なら、相手はどんな女性でもいいのだろう。相手が私だからではない。

にもかかわらず、チェシーの体は即座に反応した。彼にしなだれかかって、すべてをゆだねてしまいたい。だがチェシーは後ろに一歩下がり、テーブルに向かって手を振った。

「すぐに食事にしたい？」

「君は食事にしたいのか？」

すぐに互いの服をはぎ取らなかったので、ロッコは驚いている。チェシーには彼を責められなかった。この数カ月、繰り返していたことだからだ。彼はそうなると期待していたのだ。

「私、あまり食欲がないの。ただ、あなたはそうしたいんじゃないかと思って。長旅だったんだもの」

ロッコの鋭い視線はチェシーの顔に据えられたままだ。「なにかあるんだな。どうしてはっきり言わない？」

「私……あなたに話があるの」

「もちろん、あるだろう。わかっている」ロッコはいつもの自信を見せながらほほえんだ。

「思ったままを言えばいい。我慢することはないさ」

「そんな簡単なことでは――」

「僕は単刀直入に話すのが大事だと思っている」ロッコは前に進み出てチェシーの両手をとった。「なんでも言ってくれ。ちゃんと聞いているから」

チェシーの胃は引っくり返りそうだった。「離婚したいの」

気づまりな沈黙のあと、ロッコはチェシーの手を放した。寛大な表情が不信に変わる。

「なにかの冗談か?」

「いいえ。冗談ではないわ……この結婚はうまくいかないわ、ロッコ。本気で離婚を望んでいるの」

ロッコは後ろに下がり、信じられないとばかりに両手を広げてみせた。「君は一日に何度も僕のベッドで過ごした。ベッドでなくても、さまざまな場所で服を脱いだ。どこがうまくいかない?」

「セックスだけじゃないのよ、ロッコ。結婚はセックス以上のものなの」

ロッコの目が細くなる。「僕たちの結婚はセックス以上のものだろう。君もわかっているはずだ」

たしかにわかっていた。だが、今の自分が正しいことをしているのもわかっていた。それを彼に伝えるのは、予想していた以上に大変だった。「私たち二人には関係ないことなの。あなたにも関係ないわ。私の問題なのよ。私が変わったせいなの。ただ、これ以上結婚を続けたくないだけ」

ロッコのハンサムな顔が硬くこわばった。「結婚は簡単にしたりやめたりできるものとは違う」

「わかっているわ。だから、別れたいの。離婚したいの。これでおしまいにしたいのよ」

今にも爆発しそうな沈黙が続いた。ロッコは大股に歩いて、チェシーに背を向けた。

「なぜだ?」

「生まれて初めて、ずっとしたいと思っていたことができるようになったわ。それがとても気に入ったの。自由が欲しいのよ」チェシーは喉がつまりそうになった。やがてロッコが振り向いたが、その目は寒気を覚えるほど冷たかった。まるで真夏に霜が降りてきたかのようだった。

もう遅すぎる。今さらなにを言おうと、事態は修復できない。私は前に進まなければならない。

「そんなに驚くこと?」声はささやきほどにしかならなかった。「私は自分の人生を見つけたわ、ロッコ。一人でしたいことがたくさんあるのよ。結婚していてはそれができないの」

チェシーはロッコの返事を待った――叫ぶか、行動を起こすか、なにか口走るかを。ところが、彼は黙りこんだままだった。ハンサムな顔に表情はない。チェシーは胸を締めつけられ、息がとまりそうになった。

彼を傷つけたわけじゃないわ。チェシーは必死に自分を納得させた。彼は私を愛していない。だったら、私の言葉は彼の自尊心に障っただけだ。

「朝になったらシチリアに飛んで、母としばらく一緒に過ごすわ。その間に弁護士と会うわね」

話して、ロッコ。チェシーは無言で促した。なにか言って。なんでもいいから。

ロッコはしばらく身じろぎもせずに立っていたが、やがて大きく息を吸うと、なにも言わずにチェシーの前を通り過ぎた。

まったくなじみのない感情に打ちのめされたロッコは、書斎に立ちつくしたまま、なんとか状況を理解しようと努力した。だが生まれて初めて、問題を処理する能力は消えうせてしまったらしい。

まさかチェシーが〝離婚してほしい〟と言うとは思ってもみなかった。彼女の思いがけない宣言に、彼は言葉もなかった。

チェシーは離婚を望んでいる。四カ月半前、空港で会った際、彼女が言った最初の言葉も同じだった。あのとき、僕は即座に突っぱねたのではなかったか？　だったらなにが違う？　今夜だって同じように拒絶できたはずだろう？

　ロッコは悪態をつき、いったん手にとったグラスをテーブルに置いた。酔っぱらいたい気分だったが、それでは事実は変えられない。その事実とは、自分が彼女の幸せを願っているということだった。

　いつの時点からだ？　ロッコは皮肉と少なからぬ驚きを覚えながら考えた。いつから彼女の幸せが重要になったのだろうか？　自分が傷ついても相手の望みどおりにしたいと思うとは、いったいどういうことなんだ？

　ロッコは傲慢にも、女性についてわかっていると自負してきた。ところが今になって、壁に突きあたっていた。僕がニューヨークに発《た》つまで、チェシーは幸せだった。それは間違いない。もっと自由が欲しいという話も、出ていくという話もなかった。もちろん、離婚の話もなかった。

　手近な椅子にどさりと座りこみ、長い脚を投げ出して、数々の出来事に思いをめぐらせる。やはり、僕の不在中になにかが起きたとしか考えられない。だったらなにがあった？　チェシーがあれほど豹変《ひょうへん》するような、どんなことがあったというんだ？

　ロッコは立ちあがり、受話器を取りあげた。いったいなにが起きているのか、見当もつかない。だが、理由をさがしあてる方法はわかっていた。

ロッコが寝室に入ってきたとき、チェシーはベッドに座り、暗澹《あんたん》たる気分で将来について考えていた。

すでに太陽は空高くのぼっていたが、しわくちゃのシャツと黒ずんだ顎からロッコがベッドで眠らなかったのはわかった。チェシーは胸をつかれ、彼への愛を抑えようとした。たとえ眠れない夜を過ごそうとも、ロッコはこのうえなくハンサムだ。肩は広く、力強く、身のこなしは自然でなめらかだった。

彼は女を愚かにしてしまうタイプの男性だわ。でも、私は違う。チェシーはあわてて否定した。今度こそ、間違いは犯さない。私は正しいことをするのだ。子供のために。

「荷造りを始めたところなの」チェシーがつぶやくと、ロッコは彼女のすぐ目の前に立ちはだかった。

「やめろ」冷ややかな口調で命令する。「どこにも行くんじゃない」

チェシーは目を閉じた。昨夜、彼女はそう言われると思っていた。けれども、彼はなにも言わなかった。なぜ今とめるのだろう？　私の要求について考える時間があったから？

「ロッコ――」

「教えてくれ、大切な人《テソロ》。いつになったら妊娠していると打ち明けてくれるつもりだ？」

チェシーは凍りついた。「私――」

「言葉もないか、チェシー？」ロッコの美しい唇が陰鬱《いんうつ》そうに引き結ばれる。「父親になると僕に言うのは、そんなにむずかしいことなのか？」

「どうしてわかったの？」

「そんなことはどうでもいい。重要なのは、君はどうして教えなかったかということだ。僕がどれほど息子を望んでいるか知っていたのに」声に苦痛がにじみ出る。

「わかっていながら、君は僕になにも言わずに出ていくつもりでいた。離婚を要求して。教えてくれ、フランチェスカ、母親になるのがあまりにいやだったから妊娠を隠したのか？　どうするつもりだったんだ？　中絶するのか？」

「違うわ！」チェシーはぞっとしたように目を見開いた。「どうしてそんなふうに考えられるの？　あなたは私のことがよくわかっているはずよ」

「どうやらそうでなかったらしい」ロッコの口調は辛辣《しんらつ》だった。「君は僕たちの子供を身ごもっていると知らせもせず、涼しい顔で離婚を求めた。中絶すると思っても当然じゃないか？」

チェシーは本能的におなかを守るように手をあてた。「だって、私にはそのつもりがないもの」

「なぜだ？」ロッコの目は声と同じくらい冷ややかだった。

「なぜそのつもりがない？　君はこの四カ月半、どれほど自由が欲しいか――どれほど新しい生活を楽しんでいるか僕に教えてくれた。とにかく、妊娠したせいで喜びもだいなしになったな」

「そんなことない」チェシーは顔をそむけた。「あなたにはわからないわ」

「一つだけはっきりさせておこう。僕は君をどこにも行かせない。妊娠したとわかるまでは、僕も離婚を受け入れようと考えていた。だが、今は違う。離婚などありえない。とはいえ君のこのうえない不幸に対して、いくらか譲歩するつもりではいる。君がたっぷりとひまな時間を楽しめるように、ちゃんと有能な人材を雇ってあげるよ」

どういう意味かわからず、チェシーは顔をしかめたが、それからはっと気づいた。「子守りは必要ないわ、ロッコ。赤ちゃんは自分で面倒を見るから」

ロッコがいぶかしげな視線を向けた。窮屈で緊張した沈黙が訪れる。

「まったくもって矛盾している」いらだったようすで髪をかきあげた。「君は離婚を望みながら、自分で赤ん坊の面倒を見るという」

チェシーは床を見つめた。

「あなたの言うとおり、最初は赤ちゃんを欲しいとは思わなかったわ。でも、妊娠したとわかったとき……」

手でおなかを撫《な》でる。「不幸だとは思わなかったわ。わくわくしたの」

「わくわくしたなら、なぜ離婚を要求した？　なぜ出ていこうとする？」

「正しいことだからよ」そうは言ったものの、どうしてその行為がひどく間違っているように感じられるのか、チェシーは理解できなかった。ロッコへの愛と、まだ生まれていない赤ん坊への愛で心が引き裂かれそうになる。

「どうして出ていくのが正しいことなんだ？」ロッコの声はかすれ、目は熱に浮かされたようにぎらぎらしていた。

「僕の息子を身ごもっているのに、なぜそんなことを考える？」

「なぜなら、私はあなたの息子を身ごもっていないからよ、ロッコ」チェシーは唾《つば》をのみこみ、あえて彼の視線を受けとめた。

「私が身ごもっているのは、あなたの娘なの」

緊張した沈黙がまた広がり、ロッコはただチェシーを見つめた。「僕の娘？」

「そうよ、あなたの娘よ」呆然《ぼうぜん》とした彼の顔がすべてを物語っていた。チェシーは顔をそむけ、失望を見せないようにした。

「かわいい女の子よ」涙がこみあげたが、ほほえまずにはいられなかった。「これで私が出ていく理由がわかったでしょう」

「なに一つわからない」ロッコはチェシーの腕をつかんで目を合わせた。「君が女の子を身ごもったからといって、なにも変わらないじゃないか」

「本気で言っているの？」

ロッコは答えをさぐるようにチェシーの顔をじっと見つめている。「君のお父さんのせいだな？」

「父は関係ないわ」チェシーはロッコの手から腕をもぎ離した。「私たちの――あなたの問題よ。あなたがなにを望み、必要としているかなの」

「僕がなにを望み、必要としているかなんて、君はなにもわかっていない」

「あなたは昔気質《かたぎ》のシチリア男よ。あなたは息子が欲しい。ずっとそう言っていたじゃないの」

「もちろんそうだ」ロッコは怒りもあらわに手を振りあげた。「だが、それは娘はいやだという意味ではない。君は僕を誤解している」

「あなたは息子を持つことばかり話していたわ。娘については一度も口にしなかった」

「単なる言葉のあやだ。ただのたとえだよ」ロッコは深く息を吸いこんだ。「君は本気で、女の子だったら僕が欲しがらないと思ったのか？」

「それ以外に考えようがなかったわ」

ロッコは激怒した。「この四カ月半、僕はお義父《とう》さんと自分が違うことを君に示そうと努力してきた。僕が家庭を大事にしているのは君も知っているはずだ。日ごろからそう言ってきたんだから」

「でも、理由はわからなかったわ」チェシーは静かに言った。

「あなたは自分のことを一言も話さないんですもの。話すのはいつも私。あなたがどんなふうに生きてきたのか、どこの生まれなのかも知らない。ご家族にも会ったことがないのよ」

「僕には家族がないんだ」ロッコが感情のない平坦《へいたん》な口調で言った。それから背を向け、なにかをつぶやいた。「話すことがないのさ」

「もう連絡をとっていないという意味なの？」

「いや、そういう意味じゃない」ロッコはしつこい痛みをやわらげるように額をこすった。

「今ここで持ち出すような話題じゃない」彼は手を下ろすと、窓辺に歩み寄った。

「私から逃げないで、ロッコ」チェシーはベッドから立ちあがり、夫のこわばった背中を見つめた。「話はまだ終わっていないわ」

ロッコが振り返った。太陽の光が黒髪に反射している。

「僕の家族について聞きたいのか？　わかった。教えてあげよう。だが、楽しい話じゃない。君が影響を受けないといいが」彼は口元を引き結んだ。

「僕の父は母を撃った。母が二十五歳のとき、誰かと浮気をしていたからだ。父は逆上するあまり最愛の妻を殺し、そのあと銃を自分自身に向けた。当時、僕は二歳だった」

しばらくチェシーは呆然として、身じろぎすらできなかった。「ロッコ――」

「同情はいらない」彼は警告した。「事実を打ち明ける気になったのは、僕の過去を聞くことが結婚を続けるために重要だと君が考えているようだからだ。僕の感情は分析してくれなくていい」

「でも、あなたはそんなに幼くて……」考えただけで、チェシーの胸は締めつけられた。

「僕なら平気だ」そっけない言い方だった。

「そういうものじゃないか、チェシー？　誰よりも君にはわかるだろう。君の人生も楽しいものではなかったんだからね。なぜ君が結婚式の日に出ていったのか、わかってきた気がするよ。人間は生きていかなければならない。なにが起ころうと生きつづけ、できる限り人生を立て直さなければならないんだ」

「あなたはまだ二歳だったのに」チェシーは喉をつまらせた。「なにが起きたのか教えて」

「詳しく知りたいのか？」ロッコの表情は冷たく、険しかった。

「一大スキャンダルだったよ。僕は親戚《しんせき》じゅうをたらいまわしにされたあげく、他人に預けられた。誰一人、僕を欲しがらなかった。僕は父親の罪を思い出させる存在だったから」

彼はおもしろくもなさそうに笑った。「それに僕は癇癪《かんしゃく》持ちだった。彼らは僕を恐れていたんだと思う」

チェシーはびっくりした。「あなたはいつも冷静なのに」

「そのとおり。僕は父親から二つのことを学んだ。一つ目は、絶対に感情で判断を誤ってはいけないということ。二つ目は、恋に落ちた男は危険なふるまいをするということだ」

ロッコのまなざしを受けて、チェシーは胃が飛びあがるのを感じた。

「だからあなたは自分の知性につり合わないおつむの軽い女性か、体にしか興味のない女性とばかり遊んだ。そして結婚相手には、欲しかった家族にふさわしい単純で裏切ったりしない女性を選んだのね？　一度も持つことがなかった家族を求めていたから」

「素人ながら精神分析をするのかい、チェシー？」ロッコの目にはユーモアの光があった。

「僕は君を単純だなんて言ってはいないが、そう、たしかにある意味君は正しいと思う。それが僕の計画だった」

「オリーブオイルの事業は？　どうして父の会社が欲しかったの？」

「僕のビジネスは今や世界じゅうに広がっている。だが、自分のシチリアのルーツを忘れたことはなかった。たぶん、オリーブオイルの事業は自らが何者であるかを示すものなんだろうな。決して知ることのなかった家族へ愛を示したんだ」

「もっと早くその話をしてくれればよかったのに」

「どうしてだ？　なにか違うのか？」

「わからないわ。ただ少なくとも、あなたのことがもっとよく理解できたでしょう。私、派手な女性関係があなたを父と同じような人間にしたと思っていたの。でも、全然違う理由があったのね」チェシーはため息をつき、またベッドに座りこんだ。「家族っていろいろな問題の根源であることが多いと思わない？　それが残した傷跡は、決して表面には出てこない。だからこそ、治りにくいんだわ」

「僕はすっかり治ったよ」ロッコがゆっくりと言う。「自分に限っていえば、過去は将来に影響を与えてはいない」

チェシーはしばらく床を見つめ、言わなければならないことを必死で口にした。「あなたは間違った相手と結婚したんじゃないかしら？」顔を上げ、弱々しい笑みを浮かべる。「あなたは単純で裏切らない妻が欲しかった。そういう妻を持つべきだったのよ。初めて私が離婚してほしいと頼んだとき、あなたは二人の関係が終わったことを認めようとしなかったわ。でも、ゆうべは違った。あなたは私と言い争おうともしなかった。とうとう私たちがうまくいかないと悟ったからよ」

「違う」

「私が妊娠したからそう言うのね」チェシーはそっと言った。「でも男の子にしろ女の子にしろ、赤ちゃんがもともとつながっていない結婚のかすがいになることはないのよ」

「たしかに僕は最初、子供をたくさん産んでくれるもの静かで従順な妻が欲しいと思った」ロッコは感情もあらわに言った。「でも、今は違う」

「だったら、今はなにが欲しいの？」

「君だよ」ロッコは一瞬目を閉じて、何事かつぶやいた。「僕は君が欲しい、チェシー」

心臓が激しく打った。チェシーはロッコに手を伸ばさないために、てのひらに爪を立てた。

「私はあなたが思っていたような人間じゃないのよ。もの静かで従順な女じゃないわ」

「そんな妻など欲しくない。僕は今の君が欲しいんだ。君こそが妻として、子供たちの母親として僕が求める女性だよ」ロッコはためらい、疲れた笑みを浮かべた。「僕の愛する女性だ」

「ロッコ――」チェシーは最後まで言えなかった。

彼はしばらくチェシーを見つめ、やがて長いため息をもらした。「君が僕を愛していないのは知っているし、僕にはその事実を変えられない。だが、君がずっと望んできた人生を生きていけるように、できるだけのことはするつもりだ」

「でも、ゆうべは……」ロッコの冷たかった態度を思い起こし、チェシーはかすかにかぶりを振った。「私が離婚を求めたとき、あなたはなにも言わなかったわ。もし私を愛しているなら、なぜあんな態度をとったの？」

「誰かを愛したら、なによりも相手の幸せを望む。僕にもやっとその気持ちがわかったからだ。傷つくということがどんなものかもわかったよ」

チェシーはロッコを見た。ロッコが傷つく？　彼は私がこれまで会った中でいちばん強い人なのに。

「あなたは私が出ていってもかまわないの？」

「僕にとっては、君の幸せがすべてだ。だが妊娠がわかった今、離婚以外の方法で望みをかなえなければならない」ロッコは手を伸ばし、チェシーをそっと立ちあがらせた。「君が出ていくのを許すわけにはいかないよ。僕は娘を手放す気はない」

チェシーは喉がつかえるのを感じながらも、なんとか言った。「父は、娘を産んだ母を絶対に許さなかった。私は父に憎まれながら育ったのよ」

「君はお義父さんに逆らったことがあると言っていたね。いったいなにがあったんだ？」

「学校で美術コンクールがあって、私は入賞したかった」チェシーの声はかすかに震えていた。「だから夜、父が眠っている隙《すき》に絵を描《か》いたの」

「それで？」

「父は絵をめちゃめちゃに切り刻んだわ」今でも思い出すとつらくなる。「私は打ちのめされた。その絵のために力をつくし、自信もあったから。かっとなって大声をあげたわ。父に暴君でいばり屋だと言ったの。父はものすごく怒った。あれほど怒った父を見たのは初めてだったわ」

「どなったのか？」

「父は私を殴ったの。それから矛先を母に向けて、しつけがなっていないといって責めたわ。息子を産まなかったのが悪いと。その後、私は二度と父に逆らわなかった。そのうち口もきかなくなったわ」

ロッコは両手でチェシーの顔を包みこんだ。「彼が死んでくれてよかった。もし今も生きていたら、僕は彼を殺しに行っていたに違いない。だが、もうすんだことだ。君は将来に目を向けるべきだよ。君の将来はここにある。僕のそばに」

ロッコはチェシーの顔から髪を払いのけた。「愛していなくても、僕と一緒にいてくれるかい？」

「そんな質問には答えられないわ。だって、わからないんだもの」幸せが胸の中でふくらみはじめ、チェシーはロッコの首に腕をまわした。「私、心からあなたを愛しているの、ロッコ。しばらく前からわかっていた。妊娠がわかったとき、とてもわくわくしたわ。でも赤ちゃんが女の子だと知らされて、怖くなった。まさかあなたが私を愛しているなんて、想像もしなかったから」

「だが、君は離婚を求めた。ゆうべは言ったじゃないか」チェシーの髪を押さえるロッコの指に力がこもる。「自由が欲しいと。いろいろなことをしたいと――」

「娘を守るためよ。出ていくしかないと思ったから。今日まであなたの本当の気持ちなんて、見当もつかなかったの」

硬い表情をやわらげ、ロッコはチェシーの唇にやさしくキスをした。「僕たちの娘は幸運だ」

「いいえ、私が幸運なのよ」チェシーは唇を重ねたままつぶやいた。「あなたは私を愛している。それがすべてなの。愛はなによりも大切なものなんですもの」

ロッコはキスを続けたあと、やがて顔を上げた。「君も僕を愛しているなんて信じられないよ。そうとわかった以上、二度と出ていかせるつもりはない。なにが起ころうと、どんな困難が降りかかってきても関係ない。永遠に君を愛している」

「私はおとなしくて従順な妻じゃないわよ」

チェシーの警告を聞いて、ロッコがいつものセクシーな笑みを浮かべた。「でも、君は僕が欲しいと思うたった一人の妻なんだよ、テソロ」

●本書は、2008年3月に小社より刊行された作品を文庫化したものです。

シチリアの花嫁
2025年3月15日発行　第1刷

著　　者／サラ・モーガン
訳　　者／山本みと（やまもと　みと）
発 行 人／鈴木幸辰
発 行 所／株式会社ハーパーコリンズ・ジャパン
東京都千代田区大手町 1-5-1
電話／04-2951-2000（注文）
0570-008091（読者サービス係）

印刷・製本／中央精版印刷株式会社

表紙写真／© Sergii Vorobiov | Dreamstime.com

ISBN978-4-596-72606-3

既刊作品

「そっとくちづけ」
ダイアナ・パーマー　　小山由紀子　訳
マンダリンは近隣に住む無骨なカールソンから、マナーを教えてほしいと頼まれた。二人で過ごすうちに、いつしかたくましい彼から目が離せなくなり…。

「特別扱い」
ペニー・ジョーダン　　小林町子　訳
かつて男性に騙され、恋愛に臆病になっているスザンナ。そんなある日、ハンサムな新任上司ハザードからあらぬ疑いをかけられ、罵倒されてショックを受ける。

「小さな悪魔」
アン・メイザー　　田村たつ子　訳
ジョアンナは少女の家庭教師として、その館に訪れていた。不躾な父ジェイクは顔に醜い傷があり、20歳も年上だが、いつしか男性として意識し始め…。

「とぎれた言葉」
ダイアナ・パーマー　　藤木薫子　訳
モデルをしているアビーは心の傷を癒すため、故郷モンタナに帰ってきていた。そこにはかつて彼女の幼い誘惑をはねつけた、14歳年上の初恋の人ケイドが暮らしていた。

「復讐は恋の始まり」
リン・グレアム　　漆原　麗　訳
恋人を死なせたという濡れ衣を着せられ、失意の底にいたリジー。魅力的なギリシア人実業家セバステンに誘われるまま純潔を捧げるが、彼は恋人の兄で…!?

既刊作品

「花嫁の孤独」

スーザン・フォックス　　大澤　晶　訳

イーディは５年間片想いしているプレイボーイの雇い主ホイットに突然プロポーズされた。舞いあがりかけるが、彼は跡継ぎが欲しいだけと知り、絶望の淵に落とされる。

「ある出会い」

ヘレン・ビアンチン　　本戸淳子　訳

事故を起こした妹を盾に、ステイシーは脅されて、２年間、大富豪レイアンドロスの妻になることになった。望まない結婚のはずなのに彼に身も心も魅了されてしまう。

「雪舞う夜に」

ダイアナ・パーマー　　中原聡美　訳

ケイティは、ルームメイトの兄で、密かに想いを寄せる大富豪のイーガンに奔放で自堕落な女と決めつけられてしまう。ある夜、強引に迫られて、傷つくが…。

「猫と紅茶とあの人と」

ベティ・ニールズ　　小谷正子　訳

理学療法士のクレアラベルはバス停でけがをして、マルクという男性に助けられた。翌日、彼が新しくやってきた非常勤の医師だと知るが、彼は素知らぬふりで…。

「和解」

マーガレット・ウェイ　　中原もえ　訳

天涯孤独のスカイのもとに祖父の部下ガイが迎えに来た。抗えない彼の魅力に誘われて、スカイは決別していた祖父と暮らし始めるが、ガイには婚約者がいて…。